La mujer que tenía los pies feos

Jordi Soler

La mujer que tenía los pies feos

La mujer que tenía los pies feos

Primera edición en Penguin Random House: octubre, 2019

D. R. © 2001, Jordi Enrigue Soler

D. R. © 2019, derechos de edición mundiales en lengua castellana:
Penguin Random House Grupo Editorial, S. A. de C. V.
Blvd. Miguel de Cervantes Saavedra núm. 301, 1er piso,
colonia Granada, delegación Miguel Hidalgo, C. P. 11520,
Ciudad de México

www.megustaleer.mx

ISBN: 978-607-318-413-7

Impreso en México – *Printed in Mexico*

El papel utilizado para la impresión de este libro ha sido fabricado a partir de madera procedente
de bosques y plantaciones gestionadas con los más altos estándares ambientales, garantizando
una explotación de los recursos sostenible con el medio ambiente y beneficiosa para las personas.

Penguin
Random House
Grupo Editorial

La vista de su pie me turba.
Gustave Flaubert

Luego echó agua en una palangana y se puso
a lavar los pies de sus discípulos.
Juan 13:5

Siempre he querido participar en una revolución. Aunque no sabría qué hacer con un rifle en las manos, selva centroamericana hasta las rodillas y un hondureño furioso tirando swings espectaculares con un machete. Tuve colegas que desaparecían meses o años en Centroamérica. Alguno me puso en el umbral: nos vamos mañana, en el Renault de Carlos, si quieres. No fui.

Mi padre dice que soy un cobarde. Tiene razón, pero yo tengo una coartada: él mismo peleó una guerra, así que tengo el derecho genealógico de no pelear ninguna.

Hace unos años tomé la determinación de recorrer Centroamérica en automóvil. El pretexto era visitar a un colega que vive en Managua. Llevaba de copiloto a mi tercera esposa. Zarpamos de la Ciudad de México a bordo de un Mercedes Benz. Como yo era el piloto decidí que toda la música iba a estar a cargo de Van Morrison. El recorrido fue un infierno. Tuve que importar y exportar el automóvil en cada uno de los cuatro países que crucé antes de llegar a Managua. Fuimos interrogados, cateados, extorsionados y fumigados en cada una de las líneas fronterizas.

Permiso, nos decía un individuo de máscara antigases pertrechado detrás de una manguera. Acto seguido disparaba adentro del coche una humareda de insecticida. La selva era la misma de un país a otro y los insectos también, no había fundamento para esa protección química. El objetivo real era cobrar los veinte dólares que cuesta ese servicio que con el tiempo, estoy seguro, dejará secuelas. Veinte dólares por un embrión de cáncer no está mal, le dije entre Guatemala y El Salvador a mi mujer, que desde la línea fronteriza entre México y Guatemala venía ya concibiendo y dejando crecer el embrión de mi tercer divorcio.

En la frontera entre El Salvador y Honduras, en una cadena montañosa de cuya peligrosidad nos habían advertido hasta el cansancio, caí en un vado que dejó al Mercedes fuera de combate. Bajé con esa actitud clásica de los que no sabemos nada de mecánica: nomás ver y luego tocar por si algo viene flojo. Quedarse a bordo a esperar que pase algún acomedido sería igualmente útil. Esa fue mi idea cuando regresé al coche, nada más unos segundos porque de inmediato fui, por dos motivos, expulsado. Un gruñido de mi mujer que decía te dije que no viniéramos en este coche tan ostentoso, y la pesadilla de una célula guerrillera fuertemente armada que servía de telón de fondo para el gruñido de mi esposa. ¿Te pasa algo?, fue lo último que preguntó antes de pegar la serie interminable de alaridos que me acompañó durante un breve secuestro. Me llevaron en medio de la maleza, ahí cerca, a unos pasos, dándome piquetazos de fusil en los riñones cada vez que pensaban que me iba a detener. Diez minutos de interrogatorio bastaron para demostrar mi estatus de revolucionario incapaz. Algo de piedad se movió en ellos, porque nos ayudaron a reparar el coche. Dos fronteras más tarde, en Managua, abordamos un avión para regresar a México. Antes de aterrizar sostuvimos una conversación terminal. Van Morrison me da náusea, fue lo último que dijo Blackie antes de cambiarme por el mundo que corría debajo de la ventanilla.

Hace tiempo fui invitado a dirigir un documental sobre el paso de Pedro Infante y Luis Aguilar por los estudios Cinecittá en Roma. Leí el guion y acepté de inmediato. Resulta que a Federico Fellini le entusiasmaba la obra actoral de estos dos mexicanos. Finalmente no lograron ponerse de acuerdo, pero durante la negociación, que fue un estira y afloja de varios días, Fellini rodó varios rollos de película que años después se convirtieron en el motivo del documental. Yo había recibido, junto con el guion, un videocaset de ese pietaje que es una joya. Aparecen los dos actores mexicanos paseando por Roma acompañados por Marcello Mastroianni y por el mismo Fellini. Con ese documental ganamos el Oso de Oro en Berlín. Para la producción tuvimos que recurrir a cierta bibliografía que tenía la embajada de Italia. Entre esos libros había una tesis sobre la incursión de los dos actores mexicanos en los foros de Cinecittá. Donatella Baggio, la autora de la tesis, se convirtió en mi asesora y hoy, meses más tarde, se ha vuelto el enlace de las dos historias que alcanzan el nudo, o la vuelta, o el cabo, simultáneamente: la de Ambergris, esta isla paradisiaca en el Caribe donde escribo estas páginas, y la de Varsovia, la mujer que me hizo ver mi suerte.

Un día le conté a Donatella mi incursión centroamericana en automóvil. La globalización está terminando con las revoluciones, cada vez hay más policías del mundo que sofocan cualquier brote que les resulte inconveniente, me dijo antes de hacerme una invitación verdaderamente atractiva: si quieres experimentar los preámbulos de la revolución no tienes más que venir conmigo a Belice, los ingleses no saben qué hacer con esa posesión que les cuesta carísima y los gringos están interesados, ya están viendo cómo arman a los negros. Yo no me moría por experimentar una revolución de verdad, pero la idea de un viaje intenso con ese monumento romano que era Donatella, era casi irresistible. Empezaba a desarrollar un gusto especial por ella, las sesiones larguísimas de preproducción del documental nos habían lanzado a uno en brazos del otro. Viajamos juntos a Roma y nos hospedamos en casa de su padre, un famoso antropólogo de nombre Federico Baggio que es el responsable indirecto del trabajo social que, junto con sus alumnos de la Universidad, efectúa Donatella en Belice. Federico la había traído varias veces cuando era niña a esta isla. Desde hace cinco años Donatella y sus alumnos rascan en Belice City, la capital, cualquier dato que enriquezca el ensayo colectivo que escriben sobre este país, vecino de Guatemala y de México, donde circulan billetes y monedas con el perfil de la reina Isabel, que son dilapidados por turistas de perfil sajón. Terminamos de armar el documental y Donatella reemprendió sus viajes a Belice City.

No me moría por participar en una revolución, esto ya se dijo, pero la idea tampoco dejaba de darme vueltas en la cabeza. Entre un viaje y otro, aprovechando sus ausencias, dejé que se colara Varsovia en mi vida y un año después tuve la ocurrencia de viajar a Ambergris, este paraíso tan platicado por ella, quizá por nostalgia, quizá porque en el fondo no me había gustado dejar pasar aquella oportunidad.

Hace unas noches Varsovia y yo cenamos en Elvis Kitchen. Cuando se trata de sacar la relación de un bache, siempre ayuda intentarlo en un restaurante donde se coma bien y se esté a gusto. Luego un contexto adecuado acaba, por pura empatía, dejando la impresión de que es adecuado lo que se experimenta, lo que se conversa y lo que se proyecta. La tensión empezó, para abrir boca, como es usual, cuando el mesero se acercó a preguntarnos si deseábamos algo de beber antes de ordenar la cena. Esperé a que Varsovia dijera algo. Mi gusto por la ginebra la incomoda, así que he optado por beber sólo cuando ella bebe, cuando considera que el alcohol es un placer que puede permitirse y no el primer paso hacia la perdición. Pidió, por fortuna para mí, una copa de vino, porque en el fondo le gusta y esa noche probablemente quería restarle al mundo algunos grados de realidad. Después de todo la realidad completa, sólida, nada más le sirve a los ingenieros o a los médicos y para el resto acaba siendo preferible la realidad en dosis. Autorizado por la copa de Varsovia, ordené un flat martini: no olive, no onion, no twist please; nada de esa mierda que suelen agregar los arribistas de este elíxir.

La cena transcurrió normalmente. Camarones en leche de coco, jerk chicken, arroz con plátano, pescado estilo cajun. La conversación giró, como siempre, sobre los pocos amigos comunes que nos quedan, o para ser más preciso: que me quedan. Esa vía de comunicación es muy del gusto de Varsovia, hablar mal de los otros, de gente que aprecio mucho. Como si hablar mal del otro resaltara lo bueno de uno. En ciertos momentos, cuando busco la complicidad total con ella, no me queda más que despedazar, acabar con todo lo que no sea nosotros. Que entre los dos no quepa nadie, ni siquiera Asher el rastafarian, la amistad más reciente que nos cayó un día en la playa con una invitación verbal para verlo a él y a su banda tocar regué, en un bar ad-hoc de nombre Génesis, lleno de humo y cerveza oscura. Nos hicimos amigos de él sin saber lo que nos esperaba. Como si en cualquier otra cosa supiera uno lo que le espera. Pero esa noche no era noche para oír regué, había asuntos que arreglar entre nosotros, en un ambiente de tranquilidad, sin los devaneos rítmicos de los negros y las negras descalzos, frente a los cuales no queda más que callarse y contemplarlos o bailar con ellos. Terminamos con la cena y con la honra de los amigos. Salimos de Elvis Kitchen con la idea de caminar para digerir las delicias beliceñas. Antes de cruzar la puerta robé un cenicero de plata que estaba sobre el brazo de un sillón. Debajo del primer farol Varsovia se detuvo y me pidió que le revisara el cuello porque sentía un principio de urticaria alérgica causada por los dos camarones en leche de coco que había picado. Yo que la conozco de arriba a abajo, de los pies a la boca, le dije que no tenía nada, que debía ser el calor o el cuello de la blusa y entonces la urticaria desapareció como por arte de magia. Tan cerca de ella sentí el deseo creciente de besarla. No lo hice. Besar a Varsovia en un momento inadecuado puede arruinar la noche o el resto de la vida, depende, lo sé por experiencia, hay que esperar ciertas señales, porque si juego al impulso entonces recula y dice que no la acose, que siempre estoy pensando en eso, y antes de perder esa boca mejor me contengo y no la beso. Seguimos caminando por la única calle del pueblo, una línea de arena con casas y restaurantes a los lados. Había oscurecido, empecé a angustiarme por el futuro inmediato y para no dejarme avasallar por esa angustia opte por hacer una escala antes de llegar a la intimidad con ella. Sugerí que tomáramos una copa antes de irnos a la cama, porque de otra forma, esto ya no lo dije, iba a llegar casi sobrio y difícilmente iba a soportar lo que era probable que sucediera. Entramos a un bar, yo con miras al futuro sugerí una copa fuerte para cada uno porque era imperativo aflojarnos un poco más, aun con el riesgo de que yo podía aflojarme demasiado. Durante la copa despedacé con más fuerza a los amigos comunes, para volverme más cómplice de Varsovia, con el objetivo ingenuo de aniquilar cualquier resto de mundo que hubiera entre los dos. Hablaba todo el tiempo para no tener que decir eso que no debía decir y que amenazaba con escurrirse cada vez que dejaba de pronunciar palabras. Estaba ansioso por hacerle propuestas, por asegurarme una sesión de sexo llegando al bungalow. Estaba envenenado por esa boca que se deformaba con el cristal de la copa. Sus pies estaban cubiertos apenas por la correa de los huaraches, los miraba poco, de reojo, de otra forma, lo sé por experiencia, Varsovia hubiera dicho ¿qué tanto ves?, no me acoses, ¿qué no entiendes? Salimos del bar, yo iba extrañando la media estocada que me faltaba y que ya no pedí porque Varsovia hubiera preguntado con los ojos abiertos a tope, la boca sufriente y las mejillas encendidas: ¿otra?

Nos subimos a un taxi como todos los de aquí. Van Toyota automática de puerta corrediza y un chofer rastafarian o del otro mix racial que aquí abunda, la combinación de negro, maya, cholo, pirata inglés y cazador de ballenas. Alguno de estos dos, el rastafarian o el mezclado o quizá esa tercera opción que es la mezcla del mezclado con el rastafarian, era el chofer que conducía, no recuerdo bien. Sé que venía musicalizando el viaje con Bob Marley porque nadie aquí viaja de otra manera. También sé que traía un teléfono celular para estar localizable cuando hubiera pasajeros a la deriva. Como si uno de los privilegios o de las desgracias de esta isla no fuera estar siempre localizable en la única calle de arena que corre de un extremo a otro del pueblo. Yo iba pensando que las cosas no tenían que marchar necesariamente mal, que quizá todo era cosa de adoptar una actitud positiva, y entonces pasé el brazo por encima de los hombros de Varsovia, con cuidado, discretamente para que no se quitara o se hiciera violentamente a un lado. Varsovia se acercó más a mí y recargó la cabeza, y por si esto fuera poco triunfo me dio un beso en la mejilla. Inmediatamente después se separó y se puso a ver la isla por la ventanilla. Yo entendí, porque eso que sucedía había sucedido infinidad de veces, que la cosa no iba a estar fácil, pero a lo mejor con paciencia y pulsando los resortes emocionales adecuados podía rescatar esa situación, como había sucedido algunas veces, no tantas, la verdad, unas cuantas a lo sumo, ya exagerando. La dejé que se separara porque sabía por experiencia que si trataba de jalarla cariñosamente hacia mi lado ella iba a tener una coartada para hacerme sentir, por alguna de las múltiples vías que tiene siempre a su disposición, que empezaba a sentirse acosada, y preguntarle si pasaba algo era empezar a decirle eso que no había dicho por estar diciéndole otras palabras. Pasé lista a todo lo que podía decir, no podía ser ni una cosa demasiado trascendente ni tampoco una frivolidad total, porque entonces Varsovia, como ya ha pasado otras veces, podía decirme o hacerme sentir que no por ponerme gracioso o profundo iba a suceder lo que yo estaba deseando que sucediera. Mejor opté por hablar mal de otro de nuestros amigos comunes, el último amigo que me quedaba disponible, para meterme en la frecuencia de la solidaridad con ella y opté por hacerlo rápido porque el silencio entre los dos crecía vertiginosamente debajo de la canción de Bob Marley. El chofer, involuntariamente, salvó la situación. Preguntó que de dónde veníamos, que si nos gustaba el pueblo, que Madonna se había inspirado en esta bella isla para componer su canción "La Isla Bonita". Esas cosas que dicen los taxistas en los destinos turísticos con la intención de que engorde el monto de la propina. Yo que de por sí estaba listo para hablar me puse a responderle. Varsovia interrumpió el interés que le venían produciendo las cosas que pasaban por la ventanilla para integrarse a la conversación. Como suele suceder, la interacción con un tercero le cambió radicalmente el humor, comenzó a platicar más arrimada a mí, puso su mano cerca para que yo la levantara y le diera un beso detrás de la muñeca, o entre los nudillos, o en la palma, y tomando en cuenta que ella no me había rechazado, le di un beso discreto, casi de padre a hija, debajo de la oreja, mientras ella respondía la siguiente pregunta del taxista, que salía medio en inglés y medio en criollo. Pensé darle un beso en la boca, o diez, durante el trayecto hasta la cama que nos estaba esperando y que estaba ya muy cerca, pero la posibilidad de Varsovia diciendo aquí no, o el rechazo o el empujón, cosa nada remota por cierto, me hizo desistir y mejor aguanté así agarrado de su mano, oyendo las preguntas criollas del taxista fondeadas por otra canción de Bob Marley. Como si por agarrarla de la mano fuera a estar más cerca de ella. ¿Cuánto es?, pregunté cuando la Toyota se detuvo frente al bungalow. Ten dolars belizian dijo el moreno. Todavía no terminaba de extenderle el billete cuando Varsovia ya se había bajado y caminaba rumbo al bungalow con ese paso rápido que aplica no cuando tiene prisa sino cuando siente que el día ha durado demasiado. Corrí para alcanzarla, para entrar junto con ella a la habitación e impedir que se desvaneciera esa complicidad que en el taxi, que ya regresaba rumbo al norte de la isla, parecía sólida y definitiva. Logré alcanzarla justamente cuando llegaba frente a la puerta, a punto de voltear molesta, porque yo no estaba ahí con la llave, pero qué sorpresa, yo sí estaba ahí jadeante y abriendo la puerta con rapidez, para que ella no esperara ni un instante, porque ese instante, lo sabía por experiencia, era suficiente para arruinar esa noche, o la vida entera, depende: ¿por qué tardas tanto?, me estoy congelando, me estoy haciendo pipí, ya tengo mucho sueño. Y esa rabieta hubiera sido coartada suficiente para acostarse furibunda en su extremo de la cama sin permitir por ningún motivo que la tocara. Pero había llegado a tiempo y ella no había tenido que esperar ni un instante. Cerré la puerta del bungalow, puse el cerrojo y la cadena, no quería conservar la posibilidad latente de interrumpir el probable encontrón con la mujer de mi vida nada más porque ella se inquietara y me dijera que asegurara la puerta, no fuera a ser que entrara alguien por descuido o con quién sabe qué intención. Sin perder un segundo me lancé a poner un disco en el aparato que venía cargando desde México y que a veces, casi siempre, hace las funciones de esa tercera persona que necesita Varsovia para bajarle un poco a su hostilidad conmigo. El asunto no era fácil, tenía que elegir un disco que en ese instante fuera del agrado de ella y la gama de

opciones iba desde los éxitos de Cachao hasta el
último de Neil Young, y si no acertaba con el humor que ella tenía en ese instante iba salir del baño
y a decir, sin voltearme a ver: ¿qué no está muy
prendido para estas horas?, o lo contrario: ¿qué no
está muy abuelo? Así que, como acabo haciendo
siempre, elegí un término medio, uno de éxitos
de jazz, de piezas más bien tranquilas, aunque
cuando empezó "In a Sentimental Mood" de Duke
Ellington y Coltrane, pude imaginarla ponién-
dose furiosa frente al espejo, llegando a la conclusión de que poner esa melodía era estarla acosando.
No obstante, luego de haberla imaginado así, y
esto no nada más lo imaginaba sino que lo sabía
por experiencia, decidí que esa noche, por más
que el panorama pintaba, como siempre, fatal,
había que llegar al fondo, y entonces a toda velo-
cidad saqué la botella de ginebra, la de vermouth,
la de angostura y dos copas que también venía
cargando desde México y que no había podido
estrenar, porque cada vez que insinuaba que iba a
preparar unos martinis las cosas se descompo-
nían, ella suponía que todo era un plan para aflo-
jarla y para conducirla ya aflojada hasta cierta
situación y eso era, en resumen, sin asomo de duda, acosarla. Empecé a preparar los martinis con
el jazz de fondo. Las copas harían el papel del tercero que Varsovia necesita para que fluyan bien
las cosas, el mismo papel que hacía el tocadiscos
o Asher o el taxista. Más allá del jazz oía cómo ella

se lavaba los dientes con pasta, hilos dentales y enjuagues y eso ya empezaba a descorazonarme porque sonaba al preámbulo para meterse a la cama con la intención de quedarse inmediatamente dormida. Además, si Varsovia se estaba cepillando los dientes difícilmente iba a aceptar los besos encendidos de aliento marino que pensaba darle, y esto sin contar con el fragmento del torso de un camarón que sentía incrustado entre el canino y el incisivo. Esta reflexión me sacó de balance, me hizo ver que había un *impasse* insalvable porque la maniobra de ofrecer el martini y empezar a seducir tenía que hacerse rápido porque ella, lo sabía por experiencia, saldría del baño directamente a la cama y se dormiría, o fingiría que dormía, en unos segundos. Me encontraba anulado entre las dos posibilidades: podía besarla sólo si me cepillaba los dientes, pero en el tiempo que me quitaría el cepillado y la remoción del torso marino, Varsovia iba a quedarse dormida, o a fingirlo. En esas estaba cuando salió del baño y se metió a la cama, sin voltearnos a ver ni a mí ni a mi instalación de bar, y antes de que pudiera decirle ni ofrecerle nada, se quedó dormida, o fingió que se quedaba; y se quedó, o lo fingió, tan profundamente, que ya no tuve valor para decirle: preparé unos martinis, mi vida, porque además, estaba seguro, lo sabía por experiencia, que me hubiera contestado, con la voz extraída desde las profundidades de ese sueño fingido, que estaba rendida, que el sol la había dejado exhausta. No había nada que hacer. Tampoco iba a decirme no quiero tener sexo porque estoy cansada, pero por qué no te acuestas aquí y nos abrazamos hasta quedarnos dormidos, o cualquiera de esas argucias femeninas que con frecuencia logran transmutar al tigre que quiere follar en un gatito deseoso de que le den calor y ternura mientras alcanza el nivel alfa. Me quedé mudo e inmóvil viendo el cuerpo dormido, o fingido, de Varsovia, sin valor para hacer nada, porque cualquier manifestación de desacuerdo, hasta un ruido mínimo, hubiera echado a volar la cólera de ella y se hubiera despertado gritándome egoísta, insensible y cosas así, y eso hubiera despertado mi propia cólera y hubiera dicho cosas que no quería decir, o quizá sí quería decir pero no debía, si es que todavía creía que este viaje era una oportunidad para rescatar la relación.

Me bebí uno de los martinis a sorbos pequeños, dándole vueltas a la idea de declarar la ruptura, la quiebra, la ruina de la relación: decir "la ruina" con todas sus letras, articulando bien la palabra completa, para que esa ruina cobrara existencia, decirlo ahí mismo, mañana, o decirlo llegando al aeropuerto de la Ciudad de México y de ahí cada quien a hacer su vida. Terminé la copa con la sensación de que era incapaz de dejarla.

Dicen los negros que esta isla se la disputaban los piratas y los cazadores de ballenas. Unos saqueaban lo que podían, de los barcos y de las casas, mientras los otros sacaban ballenas del mar. Las tendían muertas en la playa. Luego les hacían una punción para que el animal soltara el ámbar gris, un aceite valioso que salía de ese cuerpo primero muerto y luego herido. El mar de la isla trae sargazos en cada ola. Dicen los negros que se debe al ciclón. ¿A cuál?, pregunto sin pensar que el nombre de los ciclones es un invento de los noticiarios, para que la imbécil que dice el clima pueda estructurar su participación. Aquí el ciclón es un viento que se lleva todo, incluso los nombres.

Los sargazos que trae el mar se van acumulando y al cabo de un rato forman una línea negra y abultada a lo largo de la playa. Los turistas que han pagado muchos dólares por su bungalow y que han llegado en charter desde Kentucky, Oklahoma City, Londres o Roma, quieren tener una playa limpia, sin cosas oscuras que enturbien el paisaje. El encargado de limpiar los sargazos es Asher, el colega oscuro que toca regué y que me cuenta cosas de la isla. Clava su rastrillo en la línea negra y la amontona dentro de una carretilla. Cada vez que la llena, cruza la playa. Es un tipo alto, así que tiene que hacer encorvado el trayecto entre los camastros, de otra forma no alcanzaría los brazos de la carretilla. Los turistas, el sajonaje que no pierde detalle de la obra del negro, se concentra en sus libros o en el horizonte del mar en cuanto ven que se aproxima. No quieren verle los ojos. De todas formas los ojos del negro no iban a verlos, van pegados al suelo, cuidando que la carretilla no vaya a dar un golpe que le cueste el empleo que ha venido a buscar desde Belice City. La carretilla debe ir a vaciarse en un gran contenedor que hay en la parte trasera del hotel, o en la delantera, si se toma en cuenta que el frente de los hoteles es más bien el que da al mar. Todo depende de si el mar es el frente o el revés del mundo. El negro vacía la carretilla en el contenedor, pero antes ya se miró con una recamarera, o con un mozo, o con Trisha, la negra que atiende el bar. Todos los que trabajan en Ambergris son negros, eso es algo que los blancos, los nuevos dueños de la isla, debieron atender a tiempo.

El negro cruza de regreso a la playa, pasa entre los camastros rumbo a la línea oscura que ya creció otra vez y necesita ser nuevamente removida. En el instante en que el negro logra quitar todos los sargazos de la playa, viene la siguiente ola cargada con los sargazos que serán el primer trazo de la siguiente línea negra. Este negro esclavo de la marea se llama Asher, ya se dijo, y vive en esta isla que fue bautizada en honor de los descuartizadores de ballenas.

La tempestad con Varsovia empezó el día en que le vi los pies. Antes de eso parecía una historia estandard. Mi secretaria, que tiene voz, cara y patas de ardilla, comunicó por el speaker que Varsovia quería verme. Una de esas niñas que se acercan a mí después de una función de gala o de una conferencia. Yo estaba montando a Jimena, una de mis asistentes, encima de un silloncito que tengo ahí para resolver ese tipo de eventualidades. Oprimí el botón y dije que me faltaban veinte minutos para terminar de revisar unos rushes que acababan de mandarme de Los Ángeles. No sabía quién era Varsovia, más bien estaba cuidando mi reputación, no me gusta que anden diciendo "este güey produce una película por cada cincuenta asistentes que se tira". Es poco serio, la satiriasis se le festeja a los cantantes de rock o a los novelistas, no a los productores de cine que en una borrasca sexual podemos llevarnos entre las patas a todo el crew de una película.

Varsovia traía un guion debajo del brazo. ¿Cómo está, maestro?, dijo en cuanto se sentó. Muy bien, Ottawa, ¿y tú? Soy Varsovia, dijo, y torció la boca en un gesto de reprobación que me obligó a reparar en sus labios y en sus dientes. Pregunté dos o tres cosas para que hablara, para observar esa boca que tenía un filón inquietante. ¿Por qué te llamas Varsovia? Mis padres no habían pensado cómo llamarme y me registraron con el nombre del hospital, contestó. Yo le dije, para suavizar tanta crudeza, que me había dado la impresión de que su padre era del tipo de esos amigos míos que se quedaron anclados en Avándaro o en Woodstock, y que le pusieron a sus hijos Azul o Lluvia o Acuario. De mi padre prefiero no hablar, zanjó

Varsovia y sin más pasó a tratar el tema de su guion. Quince minutos más tarde nos despedimos.

Aquella noche llegué a mi departamento, puse un disco de Coltrane y me serví un trago de ginebra. Hablé con mi contador, acababa de enredarme en una de mis célebres pifias fiscales, de esas que me cuestan un dineral y requerimientos de Hacienda.

Luego trabajé un poco en las notas de producción de una serie de comerciales que estábamos a punto de rodar. Cuando me fui a la cama reparé en que la imagen de Varsovia había estado revoloteando todo el tiempo, desde mi conversación con el contador; era un pájaro que no podía sacarme de encima. Quizá tampoco deseaba desterrarlo con la suficiente fuerza.

Al día siguiente llegué a mi oficina dando algunas instrucciones. Lo más rápido que se pueda, dije con ese tono imperativo característico en mí cuando la situación trae doble fondo. La Ardilla cumplió la instrucción en el acto. Encendí un puro cubano de gran calibre. ¿Amar?, ahí es donde empieza el conflicto: siento amor por mi madre, por mi gato, por mis amantes, por tal o cual amigo, por todos siento la misma palabra y por cada uno experimento una sensación radicalmente distinta. La palabra amor es insuficiente. Creo, pensé, que debería decir frases completas para establecer cierto orden: Madre: una corriente cálida me atraviesa de arriba abajo cuando estoy contigo. Gato: siento que mi instinto paternal queda razonablemente saciado cuando te veo comer las whiskas que compré para ti en el supermercado. Amigo: me entusiasma sobremanera que encarnas el pretexto que necesito para ponerme ciego de ginebra. Jimena entró a mi oficina. Gracias, puede retirarse, dije a la Ardilla, que por lo visto no quería dejarme solo con mi asistente. Soplé una nube de humo al techo. Nos vemos a las nueve para revisar el guion, le dije a Jimena. Esa metamorfosis idiomática característica del mundillo del cine, donde revisar un guion quiere decir convivir de manera íntima sin tocar el mazo de hojas que permanecerá virgen hasta el día siguiente. También invité a Sofía. Nunca había revisado guiones con ella, nada más le había mandado una avanzada, una incursión breve, un escouting de mi dedo gordo del pie izquierdo, que había navegado a placer en el mar interior de ella durante una junta general, donde la tuve a tiro, enfrente, todo puesto para que yo sacara del zapato mi pie sin calcetín y mandara a mi enviado especial con la ilusión de ver a esa belleza retorciéndose en la silla de enfrente.

La idea era que no supiera una de la otra, que se encontraran las dos en mi casa y no tuviéramos más remedio que hacer una lectura colectiva. No quería que empezaran con remilgos desde el momento de la invitación. Sofía salió de mi oficina y yo traté de concentrarme en mi trabajo durante los siguientes quince minutos. El esfuerzo fue inútil, no produje más que bocanadas de humo y una serie de imágenes relativas a la lectura de guion que se aproximaba. El futureo sexual me parece tan atractivo como las imágenes del pasado. El presente es otra cosa, no depende completamente de uno. Esos pechos que brotan súbitamente en el pastizal de la memoria, como dos flores bulbosas. Esas bocas apenas sobresaliendo del nivel del pasto, rojas rojas, con menos de flor que de animal. Partes aleatorias de quién sabe qué cuerpos. Recuerdos que se han quedado enredados como los pelos que no pueden irse por el drenaje de la tina. ¿De quién es este pelo? No es un pelo mi reina, es un recuerdo, déjalo nadar.

En una salida que di para gritarle algo a la Ardilla me topé con Varsovia. Fue lo único que vi durante dos o tres segundos. Traigo el guion como quedamos, maestro, dijo. La Ardilla carraspeó para que abundara sobre el grito que no pude echarle. Varsovia se apresuró a acomodarse en la silla que tengo frente a mi escritorio. Luego hablamos, le dije a la Ardilla. Varsovia empezó a decir cosas que desde luego no atendí por estar asistiendo a la reconstrucción de su cara. A partir de su boca que tenía, como dije, un filón inquietante, me enganché con sus ojos, grandes y listos para nadarlos de crawl y salir expulsado y exhausto en la siguiente lágrima. Varsovia se talló el ojo izquierdo, me pica, dijo para disculparse porque esa actividad había interrumpido el discurso que hacía su boca. No te disculpes niña, dije y procuré nadarle más el ojo derecho. De esa boca medio ancha se asomaba, cada vez que salía una palabra o una risita, una línea de dientes hermoseados con muchos años de ortodoncia intensiva, brackets, tensores, cuñas intermolares, blanqueados con flúor, soluciones bicarbonatadas, pastas super-whitening-sensation y todos esos extras que cargan las bocas de veinte mil dólares de las niñas ricas. Entre la boca y los ojos empecé a inventarle la nariz. En esas estaba cuando Varsovia giró tres cuartos la cara, para buscar una pluma que traía en alguna parte, y noté que la nariz era ligeramente ganchuda. Pero ya estaba encarrilado en la tarea de otorgarle el nivel de canon a las proporciones de su cara y ese gancho que me hubiera parecido feo en otra mujer, aquí resultaba una pieza atractiva. El proceso de engancharse de alguien: fijarse en un punto específico del rostro o del cuerpo y a partir de ahí contarse las mentiras que hagan falta para redimensionar cada una de las partes que en general no suelen ser tan agraciadas. Una mujer con gracia por todas partes sería una auténtica desgracia, no tendría contrapuntos ni contrastes, sería un continuum sin accidentes para agarrarse; no daría oportunidad, a quien se enamorara de ella, de contarse esa serie de mentiras que acaban siendo el acto de creación que hace que el enamorado se vuelva loco por tal mujer, que es en realidad obra suya. Esto es lo que pensaba entonces, frente a ella, reconstruyéndola, un caso más de enamoramiento por ocio. La cara de Varsovia en esos cinco minutos de conversación, que yo me empeñé, a base de preguntas muy forzadas, en estirar a diez, se convirtió, ante mis ojos, en un rostro que no estaba nada mal. Sí o no, preguntó expulsándome brutalmente de mis reflexiones. Perdón, dije, es que ando distraído con una película que estamos a punto de rodar. Antes de despedirla pensé que esa muchachita podría ampliar el menage que me esperaba en la noche y la invité, le dije a las nueve en punto en mi casa vamos a revisar un guion, ven para que te vayas familiarizando. Ella dijo que sí, entusiasmada, no estaba por supuesto al tanto de las metamorfosis lingüísticas del mundillo del cine. Me dijo hasta la noche y lanzó su sonrisota de veinte mil dólares. ¿Ya se acordó de lo que iba a gritarme?, entró preguntando la Ardilla con una sonrisa que con trabajos alcanzaba el dólar cincuenta.

Varsovia empezaba a encarnar, desde entonces, la más abismal de las bellezas: la que uno se empeña en ver.

Me había divorciado hacía un año de mi tercera mujer. Estaba convencido de que a partir de entonces mis relaciones no rebasarían la frontera de la fuga espermática. Mi matrimonio no tenía problemas, practicábamos el sexo con regularidad, mirábamos la tele, discutíamos poco y encima, como plus, ella soportaba mis periodos de productor rodando una película durante tres semanas sin interrupción. Esto en el mundillo del cine quiere decir una semana de medio filmar y dos tirándose a la actriz principal en Acapulco. Todas esas bondades combinadas llegaron a convertirse en un problema que me hacía largar discursos que rayaban en lo zoológico: El hombre que vive una estabilidad como la mía —empezaba a decir ante los ojos crecientes de Blackie— pierde paulatinamente sus nexos con la naturaleza: al tener cosas qué proteger se vuelve cobarde, el sexo con una sola mujer lo despoja de sus atributos de conquistador, la estabilidad económica lo sumerge en una mansedumbre bochornosa y todo para llegar a los setenta años, apoyado por una mujer que aborreces, sin sexo desde los sesenta, y desarrollando de manera magistral la única actividad en común que sobrevive treinta y cinco años después: mirar la tele. Esta vida —concluía— me está convirtiendo en un tigre sin rayas, del tamaño de un gato doméstico. Un día Blackie se fue, se aburrió de mi verbosidad zoológica, salió por la puerta como un cometa, con una cauda de cargadores que sacaban la mejor parte del mobiliario.

Apenas acababa de irse la cauda aquella cuando salí rumbo a un almacén que queda cerca. Sentí la necesidad de robarme un suéter. Todavía quedaban, en el tejido espacial del edificio, partículas del cometa, un trozo de cartón, un polvillo cósmico que bien podía confundirse con tierra de maceta, medio platón refractario: se había roto y flotaba sin rumbo en el vacío espacial, entre dos pisos. Aprovechando la ausencia de gravedad bajé las escaleras a grandes saltos. Caminé hasta el almacén ya con los pies bien puestos sobre la Tierra. Siempre robo en mis cinco sentidos. Anduve husmeando un rato por el departamento de caballeros, soy buen cliente, los que atienden me reconocen y me saludan. Nunca se acercan, saben que me gusta husmear y que en caso de necesitar información acudo a ellos. Elegí dos pantalones, un par de calcetines y cuatro suéteres. Más que cogerlos parece que los pizco, estiro la mano y arranco una prenda como quien pizca una bola de algodón. Entré solo al vestidor. Me despojé de la ropa que me cubría el torso. Me puse el suéter más bonito y luego lo cubrí con la ropa que traía puesta. Salí, devolví el resto y pagué el par de calcetines de algodón. Hasta luego señor, dijo el muchacho que atiende la zona. Nos vemos pronto, le contesté yo, como siempre. Subí a mi departamento. Los restos del cometa habían desaparecido. En la escalera ya no había vacío espacial que me permitiera ejecutar grandes saltos. Extraje el suéter frente a la mirada escéptica del Tigreak y salí rumbo a la guarida de Genaro, un colega de la escuela que terminó de cura y ahora dirige la parroquia Del Carmen. Me recibió en su oficina, un anexo que tiene junto a la sacristía. Un suéter y unos calcetines para tus pobres, le dije. Luego hablamos, durante dos copas de brandy, de lo que hablamos siempre. Al final me aplicó su bendición, con su agregado característico: de algo sirve, aunque no creas. De regreso crucé la nave de la iglesia, me gusta terminar estas visitas con el punto final de un billete en la urna de las limosnas. Genaro no dice nada, nunca lo agradece, le gusta el juego, un día me dijo que debe tratarse de un rico que quiere pagar sus culpas.

Encuentro en la redistribución de la riqueza una fuga terapéutica. Robo suéteres, pantalones, calcetines. Una vez robé un abrigo y unas botas. Conozco a la perfección la zona de caballeros de todos los grandes almacenes.

También robo en territorios más comprometidos. Tazas y cucharillas en los restaurantes, engrapadoras y cajas de clips en las oficinas. Robo objetos y hasta prendas de las casas de mis colegas. Todo va a parar a la guarida de Genaro, aunque a veces me reservo algo para darlo de regalo a alguien que estimo. En mi paso hacia el baño en la casa de un colega, me embolso, por ejemplo, un yadró y un cenicero de plata. Una vez satisfecha mi urgencia biológica, me escurro en alguna de las habitaciones y robo una prenda o un despertador. Luego regreso a la mesa como si nada, a seguir bebiendo y departiendo con los donantes.

Una vez, con motivo del día de la secretaria, le regalé a la Ardilla una blusa carísima que la primera dueña no había tenido tiempo de estrenar. Acababa de regresar de un shopping en San Diego y había dejado cajas y bolsas sobre su cama. Es la mujer de uno de mis amigos revolucionarios que hoy es un secretario de Estado sospechosamente acaudalado. Salí del baño y me fui sobre el botín de la prenda más cara que encontré, que era la blusa. Meses después, en la premier de una de mis películas, a la hora del coctel, coincidieron la Ardilla, la blusa y la dueña original de la blusa. Tu secretaria debe ganar buen dinero, me dijo la mujer del secretario. ¿Por qué lo dices?, pregunté yo, que en ese momento no alcanzaba a percibir la conjunción de los tres elementos. Trae una blusa carísima, dijo. De pronto lo entendí todo y decidí ponerle dos puntos finales. Se la di yo, me salió casi regalada. El otro punto final fue ir a echarle mi saco encima a mi secretaria: póngase esto Ardilla, con esa blusa se le notan demasiado los pezones.

Después del último divorcio, siéndole fiel a mi asombrosa capacidad de repetición, mis asistentes, que eran todas candidatas a lectura de guion, comenzaron a llenar mi departamento y mi vida. Andaba siempre con pies de plomo, no quería que la nostalgia de vivir con alguien terminara siendo el motor de una nueva relación que me quitara de un zarpazo lo tigre. Tiré mi colchón matrimonial que estaba lleno de olores que me ponían a girar la cabeza cada vez que mi nariz daba con ellos, era un auténtico criadero de espectros. En su lugar coloqué un futón japonés. No es de gratis la fama que tienen los japoneses de ser grandes folladores, se avientan verdaderas proezas gimnásticas encima de sus futones. Todo se fue por un tubo cuando apareció Varsovia, confundí el paraíso con un tramo de cobre con boca de pulgada y media.

La inauguradora de aquella noche de lectura de guion triple fue Jimena. Llegó con un jarrón entre las manos. Aprovechando su estatus de muchachita con las aguas recientemente navegadas por el navío mayor, exigió un trago y se acomodó en el sillón. Lo pasé muy bien ayer, oí que dijo. Yo grité un qué bueno desde la cocina mientras sacaba unos hielos del congelador. Cuando salí con los tragos en la mano ya había ido a colgar su suéter en un perchero que tengo en el pasillo y venía arremangándose la blusa con un contoneo de caderas que me hizo arrepentirme un poco de la decisión suicida de invitar a las tres a la misma lectura. Esa decisión incluía, para empezar, la posibilidad de perder esos contoneos. Todavía no se acomodaba bien en el sillón cuando sonó el timbre. Era Sofía con un Subcomandantito Marcos tejido por mujeres zapatistas emprendedoras (sic). Dejó de sonreír cuando advirtió que ese territorio estaba siendo también conquistado por su colega. Le ofrecí un trago justamente cuando sonaba por tercera vez el timbre. Era Varsovia con un ramo de flores que cabía perfectamente en el jarrón de Jimena, y un bolso enorme, colgado del hombro, que le desequilibraba el cuerpo. Ay perdón, ¿interrumpo algo?, dijo. Sofía y Jimena se habían adueñado de la lectura de guion y sin hacer caso de la llegada de Varsovia platicaban a gritos, ya entrados en carcajadas estentóreas, de su pasado común en un colegio de monjas teresianas. Siéntate por favor Varsovia, le dije, y ella un poco alarmada por el escaso ambiente de lectura que había, repitió: ¿seguro que no interrumpo? ¿Quieres algo de beber?, dije para atajar tantas dudas. Un vaso de agua, dijo y se sentó, incómoda en su papel de mal tercio conversacional. Fui a la cocina por el vaso de agua y por el trago de Subcomandantito. Estaba por recibir el golpe definitivo. Repartí los vasos y me senté, por supuesto, frente a Varsovia. Vi cómo el agua iba a esa boca, la vi ampliarse y enchuecarse por el efecto visual del vidrio. Vi los dientes remojándose y después la retirada del vaso y la lengua pasando una sola vez por el labio superior. Las visiones clásicas del sátiro que tiene un harén a su disposición y que decide conquistar por ocioso, o cuando menos eso creía entonces, a su siguiente víctima. ¿Y cómo has estado, Varsovia?, pregunté para que me dijera cualquier cosa que pusiera a mover esa maquinaria bucal. No recuerdo qué me contestó, vi cómo se abrían los labios y adentro, agarrado por el premolar superior e inferior izquierdo un hilo magnífico y brillante de saliva. ¿Puedo usar tu baño?, preguntó luego de decirme todo eso que ni oí por estarla contemplando. Claro, dije, y aproveché para revisarla de arriba abajo por la espalda. Las flores que había traído estaban ahí tiradas de cualquier forma sobre la mesa. Corrí con el jarrón de Jarrón a la cocina, le puse agua y coloqué las flores adentro antes de que Varsovia saliera del baño. El flashback de las teresianas estaba en el proceso de destazar, entre carcajada y carcajada, a una monja de nombre Rayito, que era bien ojete güey, decía Subcomandantito. ¿Rayito?, inquirí mientras ordenaba el ramo de flores, flor por flor para que Varsovia lo viera espléndido. No me contestaron, o no sé si lo hicieron porque en esos momentos Varsovia salía del baño con la cara lavada y la orilla del pelo ligeramente mojada. Se acomodó en el sillón sin reparar en mi display de flores y con una cara de angustia creciente preguntó: ¿tienes gato? Le dije sí, se llama Tigreak, en vasco. Y por cierto ¿en dónde anda?, preguntó Jarrón para hacerle saber a sus dos rivales que estaba emparentada con la fauna de mi casa. Encerrado en el cuarto de la azotea, dije. ¡Ay cómo eres!, dijo Subcomandantito. El Tigreak, como si estuviera oyendo la conversación, comenzó a maullar. Ahí arriba está mejor, dije. A ti no te gustaría que te encerraran, ¿o sí?, replicó Subcomandantito con una boca que la verdad tampoco estaba nada mal. Prefiero no discutir ahora los derechos de este animal —dije—, pero puedo adelantarte que mi gato no tiene deberes, así que tampoco tiene derecho a tener derechos. Soy alérgica, terció Varsovia con una vocecita que venía filtrada desde la garganta por una bola de pelo de gato. Mira cómo se te pusieron los ojos, dije acercándome. Ella se hizo instintivamente para atrás, quizá había empezado a sospechar que eso no era precisamente una lectura de guion, y entre su movimiento y el mío chocó su pie contra mi rodilla. Uno de sus zapatos cayó al suelo y dejó al descubierto el pie más feo que había visto en mi vida. Reculé en el acto. Perdón, dije. Ella empezó a explicar su alergia y su método de lavarse la cara para restarle intensidad, pero yo no oía nada, no podía quitarle la vista a ese pie.

Será mejor que me vaya, anunció Varsovia, tratando de acomodar las palabras entre maullido y maullido, y después, con la angustia totalmente crecida, ya abriendo la puerta para irse, dijo: ¿Me alcanzarías mi zapato?

Durante el resto de aquella noche, digna por cierto de un tigre, tuve el deseo inaplazable de contemplar otra vez ese pie, que ya empezaba a ser la mejor de mis obras. Ya deja salir a ese pobre animal, dijo Subcomandantito, ¿qué no te molestan los maullidos? No sólo me molestan, dije muy molesto por ese pie que acababa de irse, con gusto lo estrangularía. Subí a abrirle la puerta. Tigreak salió hecho un torito, ronroneando y repartiendo coletazos. Sin ceremonia que mediara entre su entrada y la intimidad con nuestras huéspedes, comenzó a restregarse por las pantorrillas de las dos amantes que me quedaban. Ay qué lindo. ¿Te tenían encerrado, bonito? Ay qué hermosos bigotitos. Ay tu colita primorosa. El gato ronroneaba a todo pulmón. Que sea menos, ¡carajo!, dije, y completé: voy por otros tragos. Mis dos amantes comenzaron a platicar de una excursión al campo patrocinada por Los Amiguitos de Jesús (sic) y de un comando rijoso que se había internado en la maleza para descabezar unos hongos (sic) y comprender de un solo cucharazo que Jesucristo era un amiguito superchingón güey (sic). Inmediatamente después Subcomandantito, que además de estar narrando estaba a punto de revelarse como la más atascada, sacó un frasco de hongos remojados en miel azul. ¡Guaooo!, gritó Jarrón y aplaudió. Yo apoyé esa iniciativa generosa de ponernos los tres hasta el culo. Nada más así, pensé, podré olvidarme un rato de ese pie. Fui por una cuchara. Nos sentamos en el suelo alrededor del frasco. Subcomandantito desenroscó la tapa y preguntó: ¿Quién descabeza (sic) primero? Yo tenía la cuchara en la mano. Uno por coco, dijo Jarrón con un contoneo que, de no haber estado en el suelo, hubiera hecho crujir los resortes de mi sillón. Un hongo completo cabía justo en el cuenco de la cuchara. Lo mastiqué repasando mentalmente el mantra fasten your seatbelts y tragué. Te faltó caldito, dijo la subcomandante. Esta mujer en sus momentos de altura debe fumarse como mínimo un gato completo, pensé en lo que me metía el cucharazo de miel azul. Vas, dijo la fumagatos a Jarrón. Mientras tomaban su porción, les agradecí que hubieran sacado esa droga de gourmet, en lugar de las tachas y las pastas y demás mercancía de niñatos que consumen generalmente mis asistentes. Cuando los tres habíamos franqueado la entrada a la jungla interior, salió otra orden de la boca de la guía del safari que todavía masticaba un poco de entrada: Ponte un Pink Floyd. Obedecí al instante. ¿Te acuerdas de Alicia?, dijo Jarrón. Las dos se tiraron a reír que daba gusto. Yo también comencé a reír con ellas. Echaron a andar toda una historia con detalles ridículos de Alicia: Alicia apanicándose con la corteza de un árbol, Alicia persiguiendo un conejo en un llano donde no había conejos, Alicia diciendo imaginería erótica vergonzosa, Alicia vomitando de manera no menos vergonzosa el asiento trasero de un Datsun. El camino por la jungla progresaba a grandes pasos. A ese paso grande estaríamos en el centrum de la vegetación en unos cuantos minutos. Subcomandantito de estambre comenzó a reírse encima del lomo del gato que andaba por ahí olisqueando y yo percibí, desde la espesura de mi selva psicotrópica, que estaba a punto de fumárselo. Sin pensarlo nada pegué un brinco y la empujé antes de que iniciara la combustión de mi tigrazo. Cayó al suelo todavía riéndose pero gritándome que era un bruto. Todo fluía a las mil maravillas si descontábamos que nuestra guía necesitaba con urgencia una guía. Jarrón se puso de pie y anunció: voy a mear. Nadie puede mear todavía, gritó alarmada Subcomandantito. Antes de que pudiera cuestionarle la razón de semejante orden, dijo por toda explicación: En este viaje se orina en colectivo, cuando nos den ganas a los tres. La orden no era difícil de cumplir, todos traíamos adentro suficientes tragos. Subcomandantito cogió el jarrón que había traído Jarrón, arrojó por ahí las flores de Varsovia y lo enjuagó. ¿Listos?, preguntó poniéndolo en el centro de la mesa. Luego ordenó a Jarrón que se desnudara de la cintura para abajo y que se meara adentro del recipiente. Yo me entusiasmé con la idea de reencontrarme con esa desnudez. Jarrón se trepó a la mesa y dejó caer un chorro de orina, un hilo de oro que se estiraba de la entrepierna a la boca del jarrón. Vi cómo en la pelambre se le quedaba colgada una gotita de oro. No te muevas, le dije. Acerqué mi dedo índice y la gota resbaló dócilmente hacia la yema. Tuve la impresión de que esa gota había volado hacia mi dedo y de que con un poco de entrenamiento podría convertirse en paloma mensajera. La aventé hacia arriba y la vi dividirse en una parvada de palomas de oro. Unas se fueron por la ventana a repartir mensajes no sé a dónde, otras se posaron en los muebles y otra fue a pararse en la cabeza de mi Tigreak. El gato asustó a la paloma. Cuando atendí otra vez la zona de los escanciamientos ya estaba Subcomandantito sin pantalones soltando generosamente su oro interior. Vas, me dijo cuando terminó. Subí a la mesa desnudo, totalmente involucrado en el rito. Me sentí orgulloso del chorro que empezó a salirme, fluido, con tino olímpico, el hilo dorado entraba al jarrón sin tocar los bordes. Bajé de la mesa. Vi con detenimiento los pies de Jarrón, bien proporcionados, con los dedos en orden, un par de pies largos y finos como naves, eran incluso bellos. Empecé a añorar el pie feo de Varsovia. El nuevo canon podológico había echado raíces en mi interior, tanto que no advertía que Jarrón tenía unos talones sublimes, de piedra pulida, que subían hacia arriba en un par de pantorrillas fuertes, de madera dura, sin nudos ni vetas escandalosas, con un bronceado perfecto hasta en las corvas, eran el sostén necesario para mantener erguido ese cuerpo de película. Ahora viene lo atascado (sic), anunció Subcomandantito. Se aproximó a la mesa, cogió el jarrón con las dos manos y le pegó cuatro tragos largos. Luego le tocó a Jarrón cumplir con sus tragos rituales. Casi perdí el valor cuando puse los labios en la boca del recipiente y aspiré el nubarrón agrio que descansaba ahí dentro. Terminé de cinco o seis tragos. Quedé con el estómago revuelto y un espíritu calorífico inflamándome el neumotórax. El resto fue la multiplicación del viaje, la expansión total con el combustible de la orina colectiva y varios capítulos íntimos e inenarrables.

Al día siguiente, a las once de la mañana, abrí los ojos. Yo, mis dos amantes y Tigreak formábamos un nudo en el centro del futón. Lo primero que hice fue pensar en el pie de Varsovia. Mandé a mis amantes a su casa y al Tigreak a que desayunara sus whiskas, mientras yo me bañaba y me perfumaba, acompasando mi arreglo personal con tres carajillos de ginebra, feliz con la perspectiva de ver a Varsovia frente a mi escritorio. Hablé con la Ardilla para que la localizara y la citara a las dos en punto en mi oficina, con el objetivo de comentar su guion y trazar un plan de trabajo. Todo tigre de la industria cinematográfica sabe que la lectura del guion de una reina a las dos de la tarde quiere decir en realidad comer con ella, achisparla a fuerza de Rioja, entorilarla con un par de anises y después proponerle la verdadera lectura de guion en un sitio más confortable. Los efectos secundarios del hongo se habían reforzado con los carajillos. Un eructo me devolvió el regusto del oro interior de mis dos amantes. Sonó el teléfono. Era la Ardilla con la impertinencia de una cita con un iluminador que ya me estaba esperando para aclarar ciertos detalles de alguna producción. Le dije a la Ardilla que lo echara, que le dijera cualquier cosa. Tenía la idea de instalarme en mi escritorio a esperar a Varsovia. Llegando a la oficina pajareé dos o tres guiones que eran la punta de una torre de hojas encuadernadas que no pensaba leer nunca. La Ardilla avisó que Varsovia había llegado. La quise hacer esperar diez minutos para no parecer tan ansioso, pero al minuto y medio ya estaba oprimiendo el botón del speaker y diciendo que pase la señorita. Varsovia entró y se acomodó en la silla que no había podido utilizar el gordo iluminador. Noté que traía los párpados hinchados, como si hubiera sostenido un combate de varios rounds. Qué te pasó, dije en tono alarmado. Tu gato, respondió Varsovia. Me sentí encolerizado contra mi Tigreak porque era una criatura indigesta para esa mujer que ya desde ese día quería tener con urgencia en el centro de mi futuro y de mi futón. Lo siento mucho Varsovia y pido perdón en nombre del gato, dije. Ay no importa, dijo ella cruzando una pierna. ¿Te ofrezco algo de beber?, dije, con la intención de deambular para verle los pies que estaban tapados por el escritorio. Agua, respondió con esa boca que en unos instantes había transformado esos párpados de púgil en dos piezas de hermosura incomparable. En cuanto vio que iba a servirle de una jarra apuntó: pero de marca, si tienes. Ahí estaba yo a merced del cisne, tonto por ese pie derecho feo que era ya lo más hermoso que había visto y que en ese momento jugaba el juego impaciente de ponerse y quitarse el zapato. Regresé a mi asiento a hojear su guion, sin atenderlo mucho, ya había

45

leído la primera página y había reparado en tres ideas definitivas, de esas que hunden un guion desde el principio. Déjame darle otra leída, dije y antes de que se levantara y se llevara esos pies a otra parte propuse: ¿Quieres ir a comer? Aceptó. Antes de salir hurgó en ese bolso enorme que cargaba y sacó un estuche repleto de medicinas. Es para la alergia, dijo mientras se pasaba con agua una píldora.

Durante el trayecto al restaurante yo no sabía si atender su boca, sus pies o el volante del automóvil. Veía sus zapatos, me entusiasmaba el hecho de que adentro de esos estuches viniera protegido ese par de joyas. Llegando nos recibió un muchacho del valet parking, llevaba un chaleco rojo. Unos días antes uno de mis socios había inaugurado un restaurante. En cierto momento de la noche le pedí que me dejara hacerme cargo de los coches de algunos invitados. Llevaba tres cuartos de hora observando el proceso, estaba cautivado. Bajaba, por ejemplo, una pareja de un Golf. El muchacho del valet parking entregaba una contraseña y se hacía cargo del automóvil. Lo manejaba hasta un lugar donde pudiera estacionarlo. En el trayecto este muchacho se convertía en un espía del mundo íntimo de aquella pareja: veía sus objetos personales, un peine, una credencial del club, la tarjeta de un vendedor con quien había comido, el ticket de compra del supermercado. También podía oler el perfume de los dos, si es que usaban, podía hurgar el estuche de maquillaje o la guantera, o verse los ojos en el espejo retrovisor que usualmente nada más refleja los ojos de su dueño; o, y esto era lo que más me inquietaba, podía oír la música que venían usando de fondo para el viaje. Mi socio aceptó de buena gana, estábamos un poco borrachos. Me puse el chaleco rojo y recibí el primer automóvil, el dueño venía solo. En la consola, junto a la palanca de velocidades, había unos lentes oscuros, una cajetilla de cerillos, una pluma del restaurante Hooters, un clip. Encendí el aparato de música, traía puesto un disco de los grandes hits de Armando Manzanero. Pude oír un cuarto de canción antes de llegar al sitio donde iba a estacionarlo. Ahí me entregaron otro coche para una pareja que ya se iba. Antes de bajarme robé el disco de Manzanero, lo puse con cuidado, para no rayarlo, en la bolsa de mi saco. El interior del coche que había que llevar de vuelta estaba frío, nadie había manejado esa máquina durante la última hora y media. El dueño traía tres libros en el asiento de atrás, los tres iguales, del mismo título. ¿Era el autor?, ¿iba a regalarlos?, ¿era el dueño de una empresa y quería cultivar a sus empleados? En el asiento del copiloto había un tubo de labios rojo *y* una bolsita de pastillas de menta con el logotipo de una taquería. Luego de oír la décima parte del tercer movimiento de *El mar*, de Claude Debussy, lo cambié por el disco de los grandes hits de Manzanero y entregué el coche a sus dueños. Era una pareja que llevaba, como mínimo, veinte años casada, se comportaban con ese desapego por el otro que con frecuencia acaba siendo la evidencia de un apego irremediable; no hay que tener atenciones ni detalles cariñosos con un hermano siamés, por más que se le desatienda no puede irse a ningún lado. Me divirtió la idea de los siameses sorprendidos con la novedad de que Debussy acababa de metamorfosearse en Armando Manzanero. Así fui y vine, varios viajes, cambiando discos y recolectando en la memoria una serie de historias para armar, desmontadas, regadas en pequeñas claves en las guanteras y en los asientos de los automóviles. Después de estacionar un Volkswagen ruidoso con caset de los Doors, recogí un Tsuru que venía oyendo un disco de Bob Marley. Me quedé absorto en un cepillo que traía enredados media docena de cabellos castaños que no sólo me eran familiares, también me provocaron, al olerlos, un vuelco en el corazón. El cambio de caset por disco era técnicamente imposible. Un cuarto de canción de Marley más tarde vi a Donatella parada afuera del restaurante, esperando al muchacho del valet parking. Estás loco, dijo en cuanto me vio.

Varsovia eligió la mesa para aquella que fue nuestra primera comida. En una esquina, en la parte penumbrosa, justamente la que yo hubiera elegido. Pedimos de comer, ella cosas vegetarianas, yo carne. Ignoraba que tiempo después, en esta isla del Caribe, haciendo un recuento de lo que me queda de mí mismo, he llegado a la penosa conclusión de que lo único que no me ha arrebatado es mi gusto por la carne y mi afición cada vez menos tolerada por la ginebra. Decir que me lo ha arrebatado es un poco injusto, se trata de una iniciativa doble, o de hacerme pendejo como dice Donatella. De pronto un día pensé: está bien la onda vegetariana, bajarle un poco a la carne, no estaría mal hacerme una limpia de alcohol, dejar la ginebra un rato. Eso que en plan metáfora se llama ponerle diques al mar. En aquella primera comida me enamoré de su comportamiento en la mesa. Todo me gustaba, su forma de manipular los cubiertos, la manera en que se llevaba la copa de vino a la boca y ese estilo fascinante que aplicaba al masticar. Luego entendí que ese estilo es la fletcherización, otra más de sus manías que consiste en masticar tantas veces cada bocado para lograr una mejor digestión. Entre plato y plato se levantó al baño, aproveché para echarme a la bolsa el cuchillito de la mantequilla. Cerca del postre Varsovia me sorprendió con una pregunta: ¿por qué nunca usas el calcetín izquierdo?

¿Qué te pasa, güey?, ¿qué le ves a esa vieja?, decían mis amantes al borde del despecho. Una semana más tarde le tiré a Varsovia todos los perros que pude. Al principio se resistió por mi bien ganada fama de sátiro. Dicen que hasta con la Ardilla te has acostado, argumentó. Yo me defendía:

jamás, ¿cómo crees?, son chismes. Varsovia se hizo la difícil unos días y luego aceptó, ¿cómo no?, si soy un productor importante y con el simple hecho de aflojar el cuerpo ella iba a convertirse en primera dama de la cinematografía nacional. Mis asistentes dejaron de interesarme, me convencí por la misma vía: igual no estaría mal concentrarme en una sola mujer, hacer un cambio sustancial en mi vida, a lo mejor resulta que la monogamia es lo mío. No podía sospechar que, de manera cíclica, regresaría con ellas a pedirles que me devolvieran esa confianza en mí mismo que Varsovia, cíclicamente, me arrebataba. No advertí que estaba empezando a solapar un desequilibrio insalvable, suicida. La fuerza que generan dos en una relación debe distribuirse: o se reparte, o uno la cede y otro se la queda toda.

La primera noche que Varsovia fue a mi casa sin guion bajo el brazo, pasé las horas previas poniendo a punto el terreno, ya con síntomas pronunciados de domesticación, convertido en gato, porque de seguir siendo tigrazo hubiera proferido este rugido: ¡Aquí hay gato y te jodes! ¿O cómo piensas que vive un tigre? Para empezar confiné a Tigreak en el cuarto de la azotea. Luego pedí la aspiradora al vecino porque la mía, no hace falta ni decirlo, había sido expropiada un año atrás por la cauda del cometa Blackie y desde entonces las necesidades de limpieza habían sido cubiertas a escoba limpia por un primor gordo de nombre

Josefina. Pensándolo bien creo que nunca repuse los electrodomésticos que se fueron en la cauda del cometa para que Josefina no me abandonara. Me recordaba a mi nana, una mujer india que se hacía cargo de mí cuando era un niño. Josefina tiene un hijo que me roba cosas. A veces lo lleva, debe tener como diez años y mientras su madre pone en orden la casa él trisca por ahí, mira la televisión o se pone a hojear una revista, o hace la tarea. Con el tiempo he comprobado que se lleva cosas: discos, encendedores, una loción. Nunca he dicho nada, ni a él ni a su madre, en el momento en que denuncie a un ladrón voy a desequilibrar el mundo. Un día Josefina me dijo que la maestra de Cesarín, así se llama el raterillo, le había pedido la donación de un libro, para ir formando una pequeña biblioteca. Me hice cargo, el proyecto me entusiasmó y puse manos a la obra. Durante varias semanas estuve haciendo visitas a librerías. Husmeaba un rato y luego me escondía dos o tres donaciones entre la ropa. Al salir pagaba un cuarto libro, era como un impuesto por los otros tres que se iban sin pagar. Josefina aparecía semanalmente en la escuela de Cesarín con la copiosa donación que yo le proporcionaba. Los libros pagados iban a dar, junto con las prendas, a la guarida de Genaro.

Aquella tarde que era el preámbulo de la primera visita íntima de Varsovia, me entregué febrilmente a la limpieza. Pasé la máquina por cada rincón donde el gato hubiera soltado pelos. Como la succión de la aspiradora no era suficientemente efectiva, me puse a detallar en los sitios donde calculé que iba a desarrollarse el combate: el sillón, mi superficie amatoria japonesa y sus alrededores. A base de pedazos de masking tape fui extrayendo pelo por pelo, sabía que el mínimo residuo le dejaría los ojos de boxeador a mi nueva ilusión y la arrastraría a un inconveniente proceso de asfixia. La erradicación de los pelos fue una cruzada a caballo entre la obsesión y la compulsión. Tigreak se introducía, hasta entonces lo vine a descubrir, en todos los huecos de mi vida, había pelos en mi ropa, en los trastes de la cocina, en los libros, en mi cepillo de dientes.

Terminando la cruzada me bañé. Llené el tiempo bajo el agua con pronósticos de mi futuro con Varsovia. Me vestí para matar, como quien se dispone a leer el guion de su vida. Preparé un trago de ginebra. Me instalé en el sillón a esperarla y a gozar de esa superficie limpia de pelos. Tigreak, molesto en el cuarto de la azotea, maullaba de vez en cuando. Varsovia llegó puntual, con la de los veinte mil dólares escondida detrás de otro ramo de flores. Hola, nos dijimos. Calzaba unas botas que parecían de bombero y que no me hicieron ninguna gracia. Siéntate por favor, dije. Varsovia se acomodó en el sillón con recelo, temía otro embate de los pelos del gato. La tranquilicé mientras acomodaba las flores en el jarrón que nos había servido de vasija mezcladora, unas semanas atrás, a mis amantes y a mí. Serví dos copas de vino. ¿Y dónde anda mi enemigo?, preguntó con una sonrisa encantadora. Está encerrado ahí arriba, dije, y señalé con la copa hacia un lugar impreciso. Ahí está bien, dijo, y le dio un trago largo y celebratorio a su copa. Le di un beso. Dejamos las copas y la llevé de la mano al futón. Antes que nada, tembloroso, le quité las botas.

Regresé a su cara para besarla todavía más y vi que sus ojos estaban semicubiertos por la alergia de los párpados, que arrancaba desde ahí en una metástasis brutal hacia la cara y el cuello. Creo que ya me dio alergia otra vez, dijo tallándose el ojo derecho. Se levantó al baño a echarse agua en la cara pero esta vez el efecto gato había invadido plenamente el sistema. Dijo me voy, y comenzó a vestirse de prisa. Traté de calmarla, propuse ir a la farmacia por una dosis de algo, pero Varsovia ya estaba sacando de su bolsota su botiquín portátil. Me voy, volvió a decir y salió corriendo. Pasé una noche de perros dándole vueltas a la posibilidad trágica de haberla perdido. Estaba enganchado.

Un mes más tarde Varsovia había propiciado varios cambios en mi historia personal. No importa que te la andes tirando, dijo una vez Subcomandantito de estambre, lo patológico es que no quieras coger con nadie más (sic). Durante ese mes Varsovia, temerosa de su alergia, se negó a poner sus adorables pies en mi casa. Todo ese tiempo le estuve prometiendo que el gato viviría permanentemente en el cuarto de la azotea, que cambiaría de sábanas, de futón, de alfombra y de lo que hiciera falta para que se sintiera cómoda. La respuesta de ella era siempre un puchero, una cantaleta y unos minutos de generosidad sexual que me hacían llevarla de fin de semana a Puerto Vallarta o a Los Ángeles, o a cualquier lugar lejos del potencial alergénico de mi Tigreak. Varsovia estableció las condiciones de la convivencia en la cama, la frecuencia del sexo y además fijó el precio emocional con que iba yo a tener que retribuirle el derecho a convivir con sus partes íntimas. Hueles a cigarrito, me dijo un día con gesto de niña maltratada y yo abandoné mis habanos de gran calibre, cobijado por esta reflexión: tiene razón, dejar de fumar un rato no puede hacerme más que bien. Rodé un cortometraje inmundo de su inspiración, repitiéndome todo el tiempo esta engañifa: no está tan mal, tiene un aire juvenil interesante. Dejé de asistir a reuniones con mis amigos porque Varsovia decía que eran exhibicionistas, o jipis, o pachecos, o borrachos; o que sus esposas eran de tal o cual manera; o que las reuniones terminaban muy tarde y ella necesitaba dormir cuando menos ocho horas porque si no andaba mareada al día siguiente, sacando vitaminas naturales, propóleo y ginseng de ese bolso enorme que cargaba a todas partes. Esta faceta insufrible era aniquilada, borrada y olvidada, después de unos minutos de generosidad sexual, que llegaban cada vez que ella sentía que yo estaba a punto de hartarme, nada más entonces, de vez en cuando, la verdad muy pocas veces.

A los dos meses de andar con ella, cometí el error que coronaba esa pérdida sistemática de mí mismo: subí al coche a mi Tigreak y lo fui a abandonar en la carretera, cerca de Toluca. Después de todo no está nada mal vivir sin los pelos de ese pinche gato, dije al llegar a casa, frente al vacío de no tener a ese colega que se untaba contra mis piernas.

El mar aquí en Ambergris es amable, de un azul nada común. Puede caminarse cincuenta metros mar adentro sin que el agua rebase la línea de la cintura. Yo leía como se lee en la playa, tirado en el camastro, batallando contra los deslumbrones del sol, distrayéndome con cualquier cosa. La huella del dedo pulgar lleno de aceite bronceador en el extremo de una página era motivo suficiente para incorporarme, dejar el libro boca abajo contra la arena y pajarear el horizonte con una atención exagerada, en lo que me limpiaba del dedo hasta el último rastro de aceite. Cualquier cosa bastaba para distraerme, así se lee en la playa, hay demasiados estímulos a poca distancia de las páginas, nada que ver con leer en la cama o en la oficina, donde el entorno es muy conocido y es difícil que compita con el libro. En una de esas pajareadas, en lo que me quitaba el aceite de otro dedo, vi que Varsovia platicaba con uno de los negros de la isla. Estaban los dos metidos en el agua azul poco común, ella hasta el ombligo y él, que era más alto, a medio muslo. El negro traía un visor y un esnorquel en la mano y conversaba con Varsovia, se movía y gesticulaba en ese tempo muy dilatado que da la ganja. Ella escuchaba y de repente soltaba esa risa rota y breve que me encanta. La risa de Varsovia, sutilmente enmascarada por el oleaje, era lo único que se oía hasta el sitio donde yo me quitaba maniáticamente del dedo el aceite bronceador. Me sentí feliz de estar aquí, apartado del mundo, tratando de sacar del bache eso que podía ser el amor de mi vida. El negro traía trenzas y barba estilo rastafarian, el modelo clásico de una de las tres combinaciones étnicas de la isla, al parecer estaba por tirarse a esnorquelear cuando decidió que mejor platicaba con ella, mientras se remojaba de los muslos para abajo en el mar. Llegué a pensar ahí tumbado, con el sol cayéndome encima, que podría pasar el resto de mi vida contemplando a Varsovia. Cosas que se piensan y que luego parecen mentira aunque hayan sido la verdad unos minutos. Súbitamente, después de la cuarta risa de ella, digamos, recorrí la memoria de nuestros últimos meses y no hallé ninguna de esas risas que tanto me gustan. Mi contemplación plácida desde el camastro cambió inmediatamente hacia el análisis ansioso de los movimientos en tempo de ganja que ejecutaba el negro y a la forma en que el cuerpo de Varsovia reaccionaba a esos movimientos. Me puse de pie, como si eso ayudara a comprender lo que ahí se estaba diciendo. No podía entender cómo ese negro le había podido sacar en tres minutos eso que yo llevaba meses sin oír, aunque haciendo bien las cuentas, la había oído reír así recientemente, dos o tres veces, en una cena o en una reunión con amigos, siempre con terceras personas; las risas en realidad ni habían sido para mí. Estuve a punto de meterme al agua para averiguar qué le causaba tanta risa, quería estar cerca de ella, el negro empezaba a provocarme unos celos enfermizos. Estuve a punto de internarme en el mar pero no lo hice, di una vuelta nerviosa alrededor del diván fingiendo que reacomodaba la toalla o que sacudía el libro que había dejado abierto de panza sobre la arena blanca. Pensé que algún día en mi casa, tiempo después de este viaje, abriría por accidente ese libro que acababa de sacudir y caería sobre la alfombra, o sobre una mesa, o sobre mis pantalones, un hilo finísimo de arena blanca que me traería de regreso a esta isla, y también pensé que probablemente entonces llevaría meses de haber terminado con Varsovia y ese hilo finísimo de arena me situaría de golpe en una racha de semanas de nostalgia. Recogí el libro y sacudí a la perfección las hojas para que no quedara ni un grano de esa nostalgia del futuro. No entré en el agua ni caminé hasta llegar a la conversación porque sabía, por experiencia, que mi inquietud o mis ganas de estar cerca iban a interpretarse como una intromisión en su espacio personal y además iban a derivar poco a poco en la discusión de que yo la estaba acosando y ésa era una discusión que no podía darme el lujo de tener porque entonces desde temprano, desde esas horas, empezaría a enturbiar las vías hacia la intimidad, así que mejor decidí sentarme otra vez en el diván y coger el libro y fingir que leía, porque ese ir y venir junto al camastro era como estarle haciendo ver a ella que estaba inquieto, y eso era también, según sus parámetros, invadir su espacio. Apenas había abierto el libro cuando Varsovia se despidió y el rastafarian se puso el visor y el esnorquel y con una zambullida más bien ridícula se lanzó mar adentro a la cacería visual de algún pez exótico. Varsovia comenzó a salir del mar. Disimuladamente, protegido por el libro, vi cómo la mitad de su cuerpo, del ombligo para abajo, iba quedando al descubierto. Luego la vi acercarse al camastro que estaba junto al mío, vi cómo se secaba los pies, lo hice disimuladamente, sabía por experiencia que si me sorprendía contemplándole esas joyas, se pondría de inmediato en guardia y yo no deseaba eso. Varsovia se sentó en su camastro sin decir palabra, no ejecutó ninguno de esos actos que suelen hacerse para tranquilizar al otro, ponerle una mano encima o darle un beso discreto en la mejilla, o preguntarle, si es que se va a hablar en lugar de actuar, que en dónde van a comer hoy o a cenar, o alguna de esas preguntas que indique al otro que el futuro de los dos sigue siendo una cosa establecida y que está en orden. Pero ella no hizo nada y yo sabía por experiencia que no iba a hacerlo. Preguntarle sobre su plática con el negro estaba descartado, porque Varsovia iba a sentir, ya se dijo varias veces, que la estaba acosando. Con la idea de conservar la armonía, opté por leer tan profundamente como ella fingía que dormía, cuando fingía. El silencio de Varsovia, aunque perfectamente predecible, no dejaba de incomodarme. Un perro de esos que llegan mojados del mar se acercó a jugar con los frascos de bronceador que estaban entre los dos camastros. Ella se levantó sonriendo llena de simpatía con la de veinte mil dólares al aire. A base de mimos de la talla de con esa botellita no se juega chiquito y regrésale eso a mami que no es un juguete, logró quitarle el frasco. El perro permaneció ahí todavía un rato, dejándose acariciar por ella, que despatarrada encima del camastro, no dejaba de decirle qué guapo eres, qué ojos tan bonitos tienes, tu novia debe estar loca por ti, chiquito lindo. El perro terminó yéndose, nadie resiste tantos mimos sin hastiarse. Seguí leyendo, ya sin fingir, quería concentrarme en otra cosa para no tener que lastimarme con alguna conclusión estúpida. Voy a caminar, dijo Varsovia y agarró la botella de Evian que guardaba fresca, con un celo desproporcionado, a la sombra del camastro. Desproporcionado en cualquier otra persona, porque en Varsovia es una cosa natural. Esta mujer aplica el celo, la concentración, las muestras de afecto, en cosas o personas pasajeras, como si gastar esa energía ahí la eximiera de comprometerse en serio con otras personas u otras cosas. Se fue caminando por la playa rumbo al norte de Ambergris. Cerré el libro y en un intento por ordenar las variables, mandé los ojos a altamar. Quizá lo mejor era barrer los añicos de futuro que tenía con ella, terminar de una vez por todas con esa relación de estira y afloja, empezar el año nuevo sin ella, otra vida, otra mujer quizá, más adelante. Con los ojos todavía navegando el horizonte del mar, recordé que el día anterior, no hacía ni veinticuatro horas, Varsovia se había acercado y me había dicho, con ese mismo puchero que me sacaba viajes a Puerto Vallarta, que ya le parecían demasiados días en esta isla y que mejor proponía que pasáramos el año nuevo en Los Ángeles, con su hermano, que estaba allá solo tratando de armar su vida. Yo le había tenido que recordar que su hermano nunca había sido de su agrado, que no perdía oportunidad para hablar mal de él y que era clarísimo que lo detestaba, con la misma intensidad que detestaba a su padre. Varsovia, furiosa como una niña, había dicho que era mi culpa que estuviéramos en esta isla y que no teníamos por qué permanecer en este viaje que a ninguno de los dos nos estaba gustando, luego había lanzado su cantaleta cariñosa muy cerca de mi boca y entre argumento y argumento me daba un beso que hacía las veces de punto y seguido en su exposición, y yo, en vez de decir, como hubiera dicho el tigre que fui, que a mí me estaba gustando esa estancia en la isla, acabé ofreciéndole que buscara reservaciones para viajar a Los Ángeles lo más pronto posible. Lo hice antes de que se le ocurriera que visitáramos a su hermana, que estaba en Vancouver, con su esposo y sus hijas, persiguiendo un gurú tolteca del que estaba perdidamente enamorada. No había manera de moverse de aquí. La noticia la había puesto de mal humor, quiero decir, de peor humor. Aproveché que el humor no podía ser peor para decirle una idea que me inquietaba: ¿Por qué no te decides a odiar en serio a tu padre y a tu hermano en lugar de cargarle ese odio a cualquier hombre que se te atraviesa?

El negro del esnorquel empezó a surgir del agua, traía varios peces capturados en la retina. Se detuvo a saludar a nuestras vecinas de bungalow, un trío que había llegado la noche anterior y que empezaba a combatir su palidez de oficina con esa primera exposición al sol. Luego el negro se dirigió hacia donde estaba yo tumbado. Una de las tres pálidas dijo algo en italiano, no entendí qué, estaban boca abajo, un poco lejos. Me acordé de Donatella con una nostalgia especial. El negro acercó su puño al mío y articuló el saludo del garifunaje de la isla: "rastaman". Me dijo que se llamaba Kingston y que mi novia le había contado maravillas de mis películas y enumeró unas cuantas; y luego, cuando yo no hallaba todavía qué decirle, preguntó algunos detalles sobre mi oficio. Oía al negro bastante abochornado por esa racha de celos sin fundamento. Le pregunté sobre la lengua que hablan entre ellos y me respondió que se llama criollo y que no es otra lengua sino inglés cortado, por ejemplo, "para nosotros" se dice *fu wee, fu* de *"for"* y *wee* de *"we"*. Luego Kingston empezó a contarme los rudimentos del garifuna, la otra lengua de Ambergris, ésta sí, cortada de quién sabe qué lenguas y desde luego inasequible. Una vez tranquilizado sobre su relación con Varsovia, me puse a buscar en su conversación luces sobre la situación social de la isla, que me pareció escandalosa desde que aterrizó la avioneta que nos trajo hasta aquí. Se trataba de una percepción ligeramente condicionada por las cosas de Belice que me había contado Donatella. Todos los hoteles, restaurantes y demás establecimientos que dejan dinero pertenecen a extranjeros, ningún beliceño de Ambergris posee nada, ni los taxis Van Toyota, ni los carritos de golf ni las bicicletas que circulan por la isla. Kingston no arrojaba muchas luces, tripulaba una Van Toyota, era uno de los engranes del sistema. Los conflictos sociales de esta isla perdida en el mar Caribe quedaban fuera de su problemática personal; eso era, hasta entonces, lo que yo creía. La turbulencia sentimental con Varsovia me impidió poner en perspectiva algunas de sus preguntas que respondí como cualquier parte de la conversación. Preguntó con su risa chimuela, como de niño, que si conocía al subcomandante Marcos. Le contesté que no, pero le conté dos o tres cosas que se saben por la prensa o los amigos, dos o tres anécdotas para compensar la desilusión que acababa de provocarle. Él me dijo que le hacía gracia que el subcomandante hubiera empezado la guerra el día de año nuevo, "in un-yersive", dijo, para ser exactos. Nada güey este negro, pensé entonces. Le estaba viendo los pies, anchos y llenos de arena, escamosos, de batracio, como si los hubiera pescado en su reciente incursión al fondo del mar. En estos pies no cabe un zapato, estaba pensando cuando vi junto a ellos los pies de Varsovia, que sin anunciarse ni dejarse oír cayó junto a mí, en el mismo camastro y me dio un beso que probablemente quería decir eres un tonto por estar pensando calamidades entre este negro y yo cuando lo único que había es esta misma conversación que tú sostienes con él ahora. El gesto me dejó sorprendido, pero no pregunté ni dije nada. Con Varsovia, ya se dijo, no pueden decirse ni preguntarse ciertas cosas, nada más, autorizado porque se me había puesto muy a tiro, le metí la mano entre las rodillas. Kingston nos invitó en la noche a verlo tocar regué. Todos los negros rastafarians en esta isla tocan lo mismo, debe ser el alivio que les queda después de recoger turistas en

Van Toyota o de limpiar el oleaje de sargazos que ensucian la playa. Permaneció un rato conversando con nosotros, contaba ciertas precisiones sobre su manera particular de atacar las cuerdas de la guitarra cuando apareció Terry, el dueño del hotel, que era gringo o canadiense y ciertamente redneck. Nada más llegando, dijo al negro algo de llevar a alguien a algún lado, de manera muy amable, si es que queda algo de amabilidad en el acto de interrumpir una conversación. El perro que se había acercado hacía un rato ahora venía junto a su amo moviendo la cola. Varsovia tampoco esta vez perdió la oportunidad de demostrarle su afecto y de prodigarle sus mimos, pero de forma más discreta, sin despatarrarse ni quitarse la mano que yo le había puesto en medio de las rodillas, seguramente porque el dueño del perro estaba ahí y muchas veces no es correcto mostrar demasiado cariño por alguien o algo que pertenece a otro. Kingston se despidió y se fue con la vista clavada en la arena, no por sumisión sino por precaución, porque si Terry hubiera visto los ojos que llevaba, seguramente lo hubiera echado de su propiedad en ese instante. Luego Terry dijo dos o tres cosas, generalidades del clima o de algún restaurante que no estaba mal, para alternarlo con Elvis Kitchen. Antes de despedirse se agachó a hacerle al perro una serie de mimos y caricias, que probablemente buscaban anular las que le había prodigado Varsovia; pretendía dejar en claro quién era el dueño del afecto de ese animal. En cuanto nos quedamos solos, Varsovia me dio otro beso y se fue a tirar al camastro de junto, que era el suyo. Yo no quería darle vueltas, pero inevitablemente empecé a pensar que esa manifestación de afecto se había debido exclusivamente a que entre los dos había una tercera persona. El día siguió transcurriendo en las mismas condiciones, yo con mi lectura incómoda de playa, viajando del camastro a una silla con sombra cuando el sol me fatigaba. Varsovia contemplando el mar o las hojas de un libro, o nada más dejando que le cayera encima el sol poderoso del Caribe.

Cuando el día empezó a fugarse por el doblez del mar, Varsovia dijo que iba al bungalow a bañarse. Yo dije que era buena idea, que la sal empezaba a pesarme en la piel. Dejé el libro otra vez panza abajo en la arena y me levanté para ayudarla a recoger las cosas, todo tipo de aceites y cremas bronceadoras. Camino al bungalow hablamos de preparar la cena y después, según la digestión y la energía, ir a ver a Kingston y a su banda, donde a veces, según el tiempo y la vibra, también tocaba Asher. Al pasar junto al trío de italianas que seguían, o quizá acababan de volver a ponerse boca abajo, reconocí el cuerpo de la izquierda que tenía los hombros, las nalgas y las pantorrillas inolvidables de Donatella. ¿Donatella?, dije incrédulo. Varsovia se detuvo en seco al oír el nombre de esa mujer que detestaba. No le quedó más que sonreírle, con el mismo ánimo brumoso con que le sonríe a cualquier mujer que me conozca. Donatella se puso de pie mientras contaba que ella y su cuadrilla de universitarios, casi todos italianos, habían decidido hacer un break en el proyecto de Belice City para pasar fin de año en la isla. Expliqué, para darle crédito frente a sus dos colegas que también se habían levantado, que la idea de Ambergris había sido sugerida por Donatella, y ella a su vez, para ponerlas al tanto, les dijo que yo era el director del cortometraje que había ganado el Oso de Oro. Deberíamos pasar el año juntos, dije, me pareció buena idea decirlo, hasta que sentí las dos perforaciones que me hacían los ojos de Varsovia a la altura del cuello. Quedamos de vernos por ahí en los siguientes días, iba a invitarlas al regué en la noche, pero me contuve. Ya habías quedado con ella, dijo Varsovia entre dientes cuando reemprendíamos la caminata rumbo al bungalow. Le aseguré que no, como era cierto, pero ya la princesa traía un humor parecido al que le había procurado la ausencia de boletos de avión para Los Ángeles. Antes de entrar nos quitamos la arena de los pies en un depósito de agua que había ahí para ese efecto. Vi cómo Varsovia metía los pies y luego los sacaba, sin arena, listos para ser admirados y acariciados y todo eso que de ninguna manera iba a permitírseme. Recordé ese ritual católico que tanto me desconcierta: el obispo lavando uno por uno los pies de sus sacerdotes. Me molesta gozar de ese acto erótico masculino; no lo cuento nunca, me avergüenza. Inmediatamente desterré la imagen, no quería manchar con ella los pies de Varsovia.

Entramos en el bungalow. En lo que dejábamos las cosas pensé que no era mala idea preparar unos cocteles y beberlos en la terraza, con un poco de música, antes del baño, para aminorar el mal humor de ella y la sorpresa que nos había producido a los dos la presencia de Donatella. Empecé a hurgar en el maletín para sacar los implementos que tenían la calidad de esa tercera persona o cosa que suele aliviar la tensión con Varsovia. Antes de que estuvieran los implementos dispuestos, cogió ropa de la cómoda y se encerró en el baño dando un portazo. Tuve la inspiración de irrumpir en el baño y de perseguir esos pies hasta la regadera, a la fuerza al principio, con la idea de ir suavizando las cosas hasta el extremo de salir, medio mojados, totalmente urgidos, a terminar en la cama lo que habíamos empezado ahí, como sin querer, bajo el agua. Ese tipo de cosas había pasado alguna vez entre nosotros, una, dos a lo sumo, cuando mucho, ya exagerando. La inspiración duró un instante, era mejor no hacerlo, corría el riesgo de arruinar los planes para la comida y para ver tocar a nuestro amigo Kingston. Consideré que mi asalto erótico al baño echaría a perder esas horas que nos faltaban y también pensé que igual antes de la cena, o después o durante el proceso de preparación, podía darse ese encuentro íntimo que llevaba días enteros de sol, playa y pies al aire sin acontecer.

Puse el disco más sugerente que encontré. Del maletín del bar aproveché exclusivamente la botella de ginebra y me serví medio vaso que me ayudó a soportar mejor esa eventualidad triste de bañarme solo, unos minutos después, en el mismo sitio donde acababa de bañarse el amor de mi vida. Al salir del baño olí que Varsovia preparaba algo en la estufa, una de esas mezclas de verduras con toque de jengibre que son su especialidad. Decidí, no por el olor sino porque así lo había pensado mientras me caía el agua tibia en la coronilla, que lo mejor era comer en paz, sin preparar martinis, ni poner música sugerente, ni buscar el beso clave, ni esperar nada de intimidad con ella. ¿En qué te ayudo?, pregunté. Recibí un trozo de jengibre para rallar.

Esa noche, después del regué, salí a tirarme en un camastro, a considerar la posibilidad de subirme al día siguiente a una avioneta que me llevara fuera de la isla. Inmediatamente llegó, traída por la brisa fría, la imagen de mí mismo volando solo en la avioneta, cruzando solo en taxi la frontera con México, durmiendo solo en el Holiday Inn de Chetumal y abordando solo, a la mañana siguiente, el avión hasta la Ciudad de México. Me seguí viendo, montado todavía en la brisa helada, faltando a la oficina, dejando caer proyectos importantes, tirado en la cama con el edredón hasta las tetillas, o hasta la nariz en los momentos de gravedad extrema, mirando sin mirar la tele y bebiendo cantidades insólitas de ginebra. La brisa seguía. Me vi hecho pedazos lejos de ella y de sus pies, con la cabeza perdida, levantando en un bar a la primera mujer que quiera irse conmigo, o en su defecto lanzando telefonazos ansiosos a Jarrón o a Subcomandantito o a alguna de mis exesposas, para que me dejen visitarlas y me devuelvan, en un gesto de amistad, o de piedad, me da lo mismo, eso que Varsovia me quita en sus ratos de desprecio. Lo mejor sin duda es cortar de una vez por lo sano, pensaba ahí tiritando en el camastro, por la brisa que era fría y daba la sensación de estarse metiendo por el hueco que iba a dejar Varsovia.

Al día siguiente, como de costumbre, se levantó de la cama sin hablarme, sin voltearme a ver. Se lavó los dientes con lujo de enjuagues y de hilos dentales y salió rumbo a la playa cargando sus cremas bronceadoras y su botella de Evian. Desde el principio de la relación, cuando se estaban repartiendo las fuerzas, Varsovia estableció que amanecía siempre de mala leche, que no fuera a ocurrírseme alguna intentona erótica a esas horas. Yo había pensado que se trataba de una exageración, una de esas convicciones susceptibles de romperse con el tiempo y el cariño, pero me equivoqué como en otras muchas cosas. En uno de esos amaneceres tibios donde con frecuencia basta el roce de un pie para ponerse ganoso y dispuesto, me arrojé con una intentona que ella detuvo sin tanta grosería, porque era muy al principio y yo todavía conservaba alguna raya, un colmillo y medio huevo del tigre que había sido. Con el tiempo me convencí de que tener sexo con Varsovia en la mañana era efectivamente imposible. Cuando entendí que la cosa era irremediable le puse este hermoso dique al mar: A fin de cuentas follar en la mañana no es tan importante. No digas mamadas, dijo Jarrón una vez que le confesé este dique; no te hagas güey, dijo divertida, a punto de la risa, si cada vez que te deja vienes a verme y no paramos de coger.

Bebí café contemplando a Varsovia desde la ventana. Ejecutaba esa faena de untarse tres o cuatro tipos de crema bronceadora. Sentí el impulso de salir y darle un beso brutal acompañado de una frase suave del tipo de afloja mi reina, tanta continencia me va a granjear, como mínimo, un cáncer de testículos con metástasis en el alma. Pero sé por experiencia que Varsovia no reacciona bien con ese tipo de espontaneidades, lo he comprobado dos o tres véces, cuatro, ya exagerando. Mejor quedarse callado, mudo bebiendo café, espiándola desde la ventana, bien escondido porque, si se da cuenta que la espío, grita que deje de acosarla, esto ya se dijo.

Súbitamente me llené de rabia, me sentí el viejo ridículo que la Ardilla, Jarrón y Subcoman-

dantito detectaron desde el principio. Abrí el ser-
vibar, saqué un paquete de Camel y encendí uno.
El nivel de la rabia me mojaba las cejas. Me acordé
de mi Tigreak y quise echarme a llorar ahí mismo.
Fumar era acabar con la posibilidad de besar a
Varsovia, pero no me importó, de todas formas
mi score sexual era ridículo. Salí a la playa. Jalé un
camastro y lo puse junto al de ella. Me sentía eno-
jado, belicoso. Me senté ahí nomás, viendo el
mar, con un libro en la mano, sin decir nada, en
un silencio hermético que compitiera contra el
suyo. Encendí otro cigarro. A esas horas había
unos cuantos rednecks tomando el sol, unos leían,
otros contemplaban la llegada débil de las olas, o
el horizonte o a Asher el negro que limpiaba esa
línea permanente de sargazos. Hacía fresco, ese
frío mínimo de la mañana que dura hasta que el
sol empieza a caer con más fuerza. Encendí otro
cigarro mientras pasaba al departamento mental
de las ideas denigratorias. La vi ahí tirada y me
pregunté si en realidad estaba tan guapa, si valía
la pena ser su perro. Inmediatamente corregí la
imagen; a los perros, ya se dijo, los trata mejor que
a mí. Mi plan denigratorio buscaba convertir en
cuervo a ese cisne que se asoleaba. Denigré sus
muslos y sus nalgas y esos pies que le inventé, la
comparé con las alumnas de Donatella, que ya se
asoleaban a unos metros de nosotros y que, de entrada, tenían mejores culos y con toda seguridad,
pensé, no se andaban con tantos remilgos a la hora

de compartirlos con sus compañeros. En el tiempo que le tomó al cigarro consumirse logré denigrarla al máximo. El cisne era por fin un cuervo y yo estaba listo para abandonarlo, ese día o llegando a México o cuando hiciera falta. Pensé que no estaría mal dejarla ahí mismo, caer en la tentación de pasarme al bungalow de Donatella. Qué onda, chiquito, ¿por qué tan callado? Sorprendido a tope traté de explicarle que mi silencio se debía a que estaba dándole vueltas a un asunto. Como no quería ceder tan pronto porque ya adivinaba más o menos lo que seguía, encendí otro cigarro, quería establecer muy claramente que no podía tratarme con la punta del pie (por adorable que éste sea) tantos días, y luego acercarse como si no hubiera pasado nada. Pero simultáneamente, con la misma fuerza, deseaba arrojar lejos el cigarro y abrazarla y no hacerme del rogar ni un instante más. Opté por decirle la línea general de mis pensamientos, no aquello del mecanismo denigratorio de su persona que acababa de echar a andar, sino el asunto del poco esfuerzo que hacía ella para sostener esa relación contra el esfuerzo ilimitado que hacía yo. Estaba empezando a plantear el asunto cuando ella abandonó el camastro para sentárseme encima y muy cerca de mi boca dijo, no le des tantas vueltas, chiquito. Yo empecé a preguntarme por qué su boca estaba tomando posesión de la mía. El beso fue capital. Varsovia empezó a tallar su sexo encima del mío. El sajonaje estaba distraído y yo veía ahí mi única oportunidad de navegarla, así que hice a un lado la tela que estorbaba y entré en ella. Varsovia liberó un suspiro largo de aprobación. El acto fue breve. Yo me apreté contra sus pechos para no gritar, me vine deseando que Varsovia quedara preñada. No quería un hijo, quería quedarme amarrado a ella de por vida, aunque el motivo fuera un niño o una enfermedad mortal. Todos mis avances denigratorios retrocedieron, amaba a ese cisne como un loco, las alumnas de Donatella me parecieron entonces una imagen sucia. Contemplé al cisne, todavía encima de mí, acomodándose el pelo revuelto. Sabes a cigarrito, dijo pasándose la lengua por los labios, en tono de reproche pero con algo de cariño. Me arrepentí de fumar para joderla, decidí, con ella todavía encima, que no volvería a encender un cigarro. Sentía que las cosas fluían con tanta naturalidad que estuve a punto de preguntarle por qué se ponía tan fría en la cama y tan ardorosa en ese lugar impropio, como había sucedido algunas veces, no tantas, la verdad, una de ellas en una alberca en Cuernavaca, en casa de sus padres, con gente nadando y papi haciendo una parrillada afuera, a unos cuantos metros, probablemente preguntándose qué hacía su nenita con un tío de su edad. No pregunté nada porque sabía por experiencia que iba a molestarse y que ese raro momento de fluidez iba a desvanecerse por el resto del día, o de la estancia, o de la vida, quién sabe. Me quedé callado. Varsovia se quitó de encima y se echó en su camastro a asolearse como todos los huéspedes, no tenía intención al parecer de apagar con agua y jabón las brasas del sexo que le habían quedado adentro, como hacía siempre, corría con urgencia a sacarse del cuerpo todo lo que no fuera suyo. Se quedó dormida. Yo sabía por experiencia que luego de haberse entregado a los cuatro vientos, lo que seguía era regresar el paso que había dado y tratarme mal el resto del día, o de la vida. Después de eso que acababa de pasar, bien podía aguantarme lo que viniera. En esas estaba cuando vi a lo lejos cómo Terry, el dueño del hotel, se llevaba las manos a la cabeza y gesticulaba, parecía un asunto grave, una pérdida, una complicación difícil de sortear. Asher estaba junto a él, inmóvil, con su rastrillo en la mano, daba la impresión de no saber qué hacer, nada más ahí de pie, disponible para apoyar al patrón en lo que fuera necesario. Pensé, no sé por qué, nunca se sabe bien de dónde viene lo pensado, en aquella anécdota de Pablo Neruda viendo desde su ventana en Isla Negra una tabla grande que se aproximaba a la playa. Cuando la llegada de esa tabla era inminente, el poeta salió por ella y la convirtió en su escritorio. Desde luego la reacción de Terry y la de Asher eran exageradas para la recepción de una tabla, por más que fuera el escritorio de Neruda. Yo era el único que contemplaba esa escena que ocurría en silencio, a lo lejos. Varsovia, el sajonaje y las alumnas de Donatella dormitaban, recibían su rayo de sol con los ojos cerrados. Vi que Terry levantaba un bulto lleno de sargazos, chorreando grandes cantidades de agua, y que lo apretaba contra su cuerpo. Luego distinguí en ese bulto primero la cola y luego el hocico del perro. Estuve a punto de decir a Varsovia que contemplara esa escena, pero me retuvo el recuerdo amargo de que había tratado mejor a ese perro que a mí. También me retuvo el pronóstico de un drama de ella, tirada llorando, inconsolable, con mucho más tristeza que si el ahogado y envuelto en sargazos fuera yo mismo. Terry puso el cuerpo ahogado del perro en los brazos de Asher. Le quitó un manojo de sargazos del cuello mientras le daba instrucciones al negro. Quitarle el manojo de sargazos era su manera de hacerle la última caricia. Después se fue andando rumbo al norte de la isla, tan pegado al mar que cada ola le mojaba los tenis. Cada quien tiene su forma de purgar la muerte de alguien muy querido. Caminar mordido por el mar no estaba mal, echar a perder los tenis, la purga vía una cosa material, como quien rompe un cristal con el puño o abolla su automóvil de una patada, no está mal, es mejor que matarse bebiendo, o de un tiro en el paladar. Antes de ejecutar lo que le habían ordenado, Asher esperó con el cuerpo del animal en brazos a que el patrón estuviera a distancia suficiente. Cuando la distancia a la que iba Terry indicaba que esa caminata de duelo iba para largo,

Asher enfiló hacia la parte trasera del hotel, o hacia la delantera, ya se dijo que no queda muy claro si el mar es el principio o el revés del mundo. Venía serio, abstraído, sin ganas de compartir la tragedia del perro ahogado. Probablemente estaba encariñado con él. Quizá ese animal había tenido un carisma fuera de lo común que yo no había querido notar, por celos, claro; los perros en general ni me van ni me vienen. Asher pasó junto a Varsovia. Ni ella ni nadie de los huéspedes vieron esa escena trágica que a mí la verdad no me conmovía, ni así, ni un poquito, se trataba de la muerte de mi rival, de mi enemigo, del perro al que Varsovia había tratado de una forma que yo nunca he disfrutado. Pasó junto a mí cargando al perro ahogado y murmuró un saludo que respondí con una inclinación respetuosa de cabeza. No por el perro sino por la chinga que debía suponer enterrarlo, como si no fuera suficiente limpiar todo el día la ola oscura de sargazos. Seguí con los ojos la trayectoria del negro. Vi cómo depositó el cuerpo del animal en el suelo y empezó a cavar una fosa con el rastrillo de los sargazos. Los huéspedes, que seguían ignorando la tragedia del perro, gozaban del mismo sol que caía sobre el rastafarian con una intensidad criminal mientras cavaba. Más que cavar, Asher removía la arena, el rastrillo no se prestaba muy bien para esa tarea, y a lo mejor simplemente no le daba la gana de hacer el esfuerzo de ir por una pala o algo más adecuado. Estaba tentado a acercarme para demostrarle con esa iniciativa modesta que yo no era tan huésped como los otros, la prueba era que optaba por ese lado criminal del sol. Estaba ya incorporándome, alistándome para ser menos huésped, cuando me detuve en seco. Asher, antes de echar el perro a la fosa, alzó el rastrillo a la altura de su cabeza y descargó con toda su rabia las puntas sobre el cuerpo del ahogado. Repitió tres veces la misma descarga, con la misma rabia. Al terminar empujó al perro con un pie al interior de la fosa. Lo contemplé helado. Se mata un cuerpo que ya está muerto cuando se hace con la ilusión de que se está matando a otro, ligado a éste, que sigue por ahí vivo. O cuando ese cuerpo es el de una ballena repleta de ambergris, pensé. Ya no vi cuando Asher terminó su encomienda. Me puse a ver el mar, en un punto amplio del horizonte, como si estuviera buscando el escritorio del poeta.

El negro regresó a su labor interminable, a quitar sargazos con el arma homicida, se le veía contento, acababa de matar a su manera al sajón que lo oprimía, bien por ti, pinche negro —pensé— ahora nomás te falta sepultar el hotel con una montaña de sargazos. Varsovia dormía junto a mí, de espaldas, yo contemplaba sus pies, sus muslos, el vellón que le adorna el coxis y que sube en línea hasta el siguiente vellón que cubre la primera vértebra, sus manos cayendo por la orilla del camastro, como ramas de algo, otra vez sus pies.

Como no llegaba el escritorio del poeta y Asher no se decidía a sepultar los bungalows, me seguí de largo pensando cosas. No comulgo con ninguno de los rednecks que ocupan los camastros de la playa, y en cambio, desde que aterrizó la avioneta simpaticé con los habitantes de la isla que, ya se dijo, no poseen nada. Asher, el esclavo de los sargazos, encarnó la coordenada emocional que necesitaba: mi incapacidad de hacer algo por esta gente se alivia un poco tratando bien al negro.

Al segundo día de playa Asher, motivado por la simpatía espontánea que le demostrábamos los dos, saludarlo, sonreírle, cosas simples, casi irrelevantes, se acercó, dijo "rastaman", y puso entre los dos media botella de ron beliceño, un par de vasos y una Coca-cola. Una suerte de coctel de bienvenida que no pudimos rechazar, ni tampoco disfrutar porque la cosa era beberlo mientras él limpiaba la playa de sargazos. Mi reina acompañó su trago con una colección de remilgos, propios de ella, las cubas son bebida de viejito, la Coca-cola engorda, ¿será bueno este ron? El gesto de Asher se convirtió en el foco de atención del sajonaje, que reprobaba nada más tangencialmente esa convivencia, porque por otra parte estaban encantados de asolearse junto a un rastafarian, que los hacía sentir un cosquilleo étnico y dotaba a su estancia en la isla de un toque salvaje que enriquecería sus crónicas de viaje un sábado de barbecue en Wyoming o un jueves de copas en Syracuse o donde fuera. Asher había cruzado el territorio sajón cargando los implementos con un contoneo en ritmo de regué, que nada tenía que ver con el andar parco que ejecutaba a la hora de empujar la carretilla de los sargazos. Un contoneo de gracia suicida, si concedemos que suicida es quien se mete a sabiendas en un lugar donde van a matarlo con los ojos. Para corresponderle tanta amabilidad fui al bungalow por un regalo. Toma mi hermano, para que apagues tus cigarros, le dije al tiempo que le daba el cenicero que había robado en Elvis Kitchen.

Esa noche asistimos al bar donde tocaba Asher, que era el mismo donde tocaba Kingston y probablemente todos los músicos rastafarians de la isla. Yo no estaba muy seguro del humor musical que tendría Asher después de haber matado al perro muerto. Al bar Génesis, dijo Varsovia al taxista en su inglés precioso y luego siguió preguntándole cosas con el mismo inglés, iba contenta y hasta amable conmigo, probablemente porque había una tercera persona entre los dos. En lo que yo pagaba el taxi, Varsovia corrió al bar y aniquiló la idea que venía concibiendo, una idea tonta si ustedes quieren, pero normal si se toma en cuenta que un hombre muy enganchado de su mujer desea entrar con ella del brazo a todas partes, entrar convertido en rey y no en el zángano en que me vi transformado de repente, pagando el viaje y luego corriendo escaleras arriba para alcanzarla. Entré al bar y de inmediato la localicé hablando a grandes sonrisotas con Asher, ese tercero que antes había sido el taxista y que podía ser en realidad cualquiera. Me torturé un instante pensando que ni una sola vez me había dirigido una sonrisa tan amplia, o quizá sí, muy al principio, cuando era una aprendiz de cineasta tratando de ganarse un puesto vía las nalgas en la cinematografía nacional. Asher estaba listo para brincar al escenario, se había metido varios gallos y estaba al tiro, tanto que cuando aparecí subiendo la escalera vibró que quería estar solo con mi novia, y sin más se fue, como a practicar con su instrumento, a ponerse en concierto con sus compañeros. O probablemente no tenía deseos de intercambiar palabras con el único que lo había visto matando al perro muerto. ¿Qué bebemos?, pregunté a Varsovia que seguía sonriente, arriesgándome a recibir una de sus contestaciones características, ¿qué nada más porque me ves sonriente crees que tengo ganas de emborracharme? Lo mismo que tú vayas a pedir, dijo contra mis pronósticos. Ordené en cuanto pude dos Belikin negras ultrapastosas para estar en la frecuencia de Belice, el país de esta isla de Ambergris, donde mi historia desgraciada con Varsovia alcanza su punto de cocción, el mismo punto que alcanza morenaje que paga sus cosas con billetes de la reina Isabel. ¿Sabrá la reina que su perfil circula por esta isla?, dije a Varsovia, para hacer un poco de conversación, para no estar pensando en esa sonrisota que no me tocaba nunca. Hablamos de la batalla perpetua de Asher contra los sargazos y de los beliceños que sirven en los hoteles, de los choferes de taxi, de los lancheros y en general de la red de morenos que sirve para que la tropa de rubios que lo posee todo caiga en blandito, sin dificultades ni incomodidades. Antes de pedir la siguiente ronda de Belikin ultrapastosa dije a Varsovia, sin darme cuenta de que con esa línea estaba moviendo al destino: Aquí no tarda en armarse una revolución. Ella estuvo de acuerdo y así lo dijo, sin reparar tampoco en la fuerza que estábamos desamarrando. La banda de Asher comenzó a dilapidar sus hits, todos de Bob Marley, más alguna pieza de punta rock, que es la música autóctona de este país regenteado por el imperio inglés, reflejo perfecto de la mezcla humana que circula por aquí, un ritmo entre regué, merengue y música norteña mexicana. Cuando sonó la primera pieza de punta rock, me pregunté sobre la conveniencia de terminar el siglo con esa música de gusto dudoso. Asher nos volteaba a ver con frecuencia y nosotros le respondíamos levantando una mano o sonriendo o inclinando la cabeza. Al cabo de un rato empezamos a sentirnos abochornados por los saludos del negro, que hacían voltear a la gente con cara de estarse preguntando: ¿Qué clase de negocio tendrá el guitarrista con ese par? Al terminar el concierto, Asher, como era de esperarse, vino a sentarse a la mesa y a beberse dos o tres Belikines a mis costillas. Estaba contento, se le había pasado pronto la rabia del funeral del perro. Entre cerveza y cerveza nos invitó a una fiesta, al día siguiente, que empezaría desde la tarde para alcanzar la noche en un estado que oscilara entre lo feliz y lo deplorable. Nos despedimos porque ya empezaba a fatigarnos tanta cercanía con él. En el camino a la puerta nos encontramos con las alumnas de Donatella, iban con un grupo grande que abarrotaba una mesa. ¿Dónde anda la maestra?, pregunté. No la había visto en la playa en toda la mañana y me pareció natural preguntarlo, hasta que sentí en el cuello los ojos furibundos de Varsovia. Me enteré de que todos los que abarrotaban la mesa eran alumnos y que Donatella había tenido que viajar a Belice City a atender unos detalles de su proyecto. No acepté la invitación que hacían para que nos sentáramos con ellos a tomar un último trago, me parecía una idea atractiva, pero no quería enturbiar las cosas con Varsovia.

Salimos del bar. ¿Qué te preocupa mucho dónde anda Donatella?, dijo nada más saliendo, en tono de reproche pero simultáneamente agradecida porque no había aceptado la copa con esa gente tan cercana a esa mujer que odiaba. Coincidimos en que pasar la penúltima noche del siglo brincoteando con esa horda de rastafarians era un plan bastante malo. Inmediatamente pensé que la otra posibilidad, la de pasar la noche en la misma cama que Varsovia, sin tocarla ni acercarme a ella, era más triste y tan mala como la otra. Varsovia sugirió que camináramos hasta el bungalow, seguía de un humor bastante tolerable, me venía tratando como criatura intermedia entre rana y perro, incluso reía de repente, con esa risa breve y cortada, quizá venía un poco achispada por la Belikin, porque nuestra historia sugería, de manera hasta entonces inequívoca, que después de tener sexo con ella debía pagarle el precio emocional de cuando menos veinticuatro horas de malos tratos. Caminábamos en la oscuridad entrando a veces en algún manchón de luz que arrojaban sobre la arena los hoteles o los restaurantes. Íbamos conversando acerca de la conveniencia de empezarnos a alejar de Asher, de que acaso no fuera buena idea asistir al día siguiente a esa fiesta para ir enfriando esa relación que crecía demasiado aprisa, y tanta prisa nos parecía sospechosa, digna de analizarse. Varsovia pensaba igual que yo, aun cuando le faltaba el dato del negro clavando el rastrillo en el cadáver del perro, que yo, no sabía bien por qué, no había querido revelarle. Entre un manchón de luz y otro, se nos acercó una mancha circular que era el haz de una linterna. "Buenas noches", dijo en inglés un gordo con aspecto de policía, que por no iluminarnos la cara, dejó el haz ahí caído, moviéndolo de un lado para otro, digamos desde nuestros pies hasta el principio del mar. "Buenas noches", respondimos desconcertados, pero enseguida entendimos que se trataba de un patrullaje nocturno destinado a proteger a los turistas, en el caso de que el resentimiento que se asomaba por los ojos de los habitantes de la isla llegara a sus límites y se derramara y cayera en las manos de un garifuna y esas manos fueran a dar al cuello de un sajón y hubiera líos. Nos equivocamos. El policía, moviendo ese tubo de luz que iba de la arena al mar, nos dijo que nos habían visto conviviendo estrechamente con Asher Ashram, "un elemento antisocial". Sin esperar respuesta y sin dejar de pintar el agua y la arena nos recomendó, con una amabilidad tosca, que de preferencia y por nuestra propia seguridad, no nos anduviéramos relacionando con la gente de la isla. Dijo buenas noches y, apuntando el haz de luz como debía, siguió su camino. Nos quedamos ahí atrapados, sorprendidos, dentro de la oscuridad que enmarcaba el manchón de luz de un hotel y el de un restaurante. Luego la inmovilidad empezó a deshacerse en pasos, en palabras, en risa, y finalmente, cuando ya estábamos muy cerca del bungalow, la sorpresa se había concentrado en una indignación vecina de la cólera. Dijimos que los habitantes de la isla son esclavos de los dueños de la isla y que la reina lejana y ajena está presente en monedas y billetes, a cambio de un cargamento mensual de desechos del reino que sirve para llenar los estantes del único supermercado.

Mayonesa rancia, panecillos sólidos, rebanadas de queso atroz, refrescos caducos, verduras puercas, embutidos nauseabundos. También dijimos que en una zona especial alejada de la mano de Dios y de la reina, sin agua corriente ni luz, vive el morenaje de la isla, apartado para que no interfiera con el sajonaje, y terminamos diciendo que encima venía ese policía a sugerirnos que no habláramos con los especímenes isleños. La idea de ir enfriando la relación con Asher, que nos había acompañado cuando íbamos saliendo del bar, cambió de dirección, ahora nos sentíamos obligados a asistir a la fiesta; sentíamos la urgencia de mostrar nuestra solidaridad con la parte perdedora de la isla. Entramos al bungalow con el proyecto de fiesta bien armado. En realidad no sabía si Varsovia estaba tan de acuerdo, no contaba con el dato del perro, ni con una conciencia social muy amplia. Cerré la puerta del bungalow y eché el pasador. Como por arte de magia cambió el humor de Varsovia. Dejó de hablar y casi corrió al baño a encerrarse y a ponerse lista para dormir. Me senté en la orilla de la cama para quitarme los zapatos. Seguí comentando cosas, a gritos para que me oyera del otro lado de la puerta. Varsovia no contestaba, yo suponía que estaba lavándose los dientes o pasándose el hilo dental con su frenesí característico y que eso le impedía la articulación de la respuesta, pero cualquiera sabe que a ese tipo de comentarios basta responder con un ruido, un pujido, un "ajá" arrojado entre los espumarajos del dentífrico. Su silencio era otra cosa, era la negación anticipada de lo que yo todavía no insinuaba, ni, acababa de decidirlo, iba a insinuar, porque sé por experiencia que cada vez que tengo sexo con ella tengo que purgar después muchas horas y hasta días sin sexo y con abundancia de malos tratos. Salió del baño con una cara hostil que contrastaba con el ánimo que traíamos los dos hacía cinco minutos. ¿Te pasa algo?, pregunté. Estoy muerta, dijo, y se metió en su extremo de la cama con un bostezo teatral que tenía el tamaño de un rugido. No sé por qué pensé que había que hacer un último intento. La vi en su extremo de la cama, con un hombro tostado al aire, parcialmente cubierto por el cabello, y aunque sabía perfectamente lo que iba a pasar, arrimé mi cuerpo al de ella y le puse un beso, con mi mejor ternura, en la clavícula izquierda. Ella se estremeció, o más bien su cuerpo dormido, o fingido, profundamente. Decidí avanzar un poco y morderle el hombro. El cuerpo de Varsovia cobró conciencia, o fingió que la cobraba, y reprobó mi acto con una mirada antes de quedarse de nuevo profundamente dormida, o fingida.

El día siguiente, el penúltimo del siglo, transcurrió como los anteriores, con sus pequeñas variantes. Varsovia se fue la mitad del día a una clase de buceo y yo pasé el tiempo leyendo tirado en el camastro. Dormitaba a media mañana con el libro en la mano, cuando en un instante de vigilia vi que alguien se movía dentro de nuestro bungalow. No era la recamarera porque ellas saben de qué manera desplazarse para no alarmar a los turistas, se trataba de un cuerpo ajeno a ese territorio, que se movía agazapado, un ladrón quizá, o un técnico que reparaba algún desperfecto. Decidí mantener mi posición, fingir que dormía, antes que irrumpir en el bungalow y hacer el ridículo de gritarle al novio de la recamarera o al tipo que estaba dando mantenimiento al refrigerador. Unos instantes más tarde vi salir a Kingston, llevaba una bolsa de lona vacía, verde como las del ejército. Seguí unos minutos fingiendo que dormía y después fui a revisar. Todo estaba en orden, la cartera y el dinero, los discos, la ropa. No faltaba nada. Regresé al camastro. Preguntar a Kingston qué andaba haciendo adentro del bungalow me parecía bochornoso, injusto después del acercamiento que habíamos tenido. Probablemente se trataba de uno de esos sucesos medio vistos desde la somnolencia, o de un servicio que le había encargado Terry o Trisha; en todo caso preferí no actuar ni decir nada. ¿Qué dice el cineasta?, dijo Donatella, que iba a instalarse en su parcela de arena, con la intención de no moverse de ahí en todo el día. ¿No andabas en Belice City?, le pregunté. El asunto del proyecto había quedado resuelto, cuando menos hasta que termine el milenio, dijo y luego sonrió y yo me fui por esa boca hasta nuestra estancia feliz en Cinecittá. Donatella había tendido su toalla y empezaba a untarse bronceador. Junto había un libro y un walkman, sus instrumentos para atravesar el día solar. Quité mi toalla del camastro y fui a tenderla junto a la de ella. Hablamos de su proyecto en Belice City, le conté del mediometraje sobre hockey que acabábamos de rodar en el Maple Leaf Garden de Toronto, una producción franco-canadiense que nos había tenido veinte días trabajando sobre una plancha de hielo. Llegaron sus alumnas, conversaron un rato, denunciaron mi poca solidaridad con el último trago de la noche anterior y fueron a acomodarse, a unos metros de nosotros, a extender sus toallas y a untarse cremas. Estoy desarrollando un curioso fanatismo por las mujeres que se untan cremas, les dije. Al rato llegaron dos de los muchachos que abarrotaban la mesa del Génesis, traían con sus toallas el añadido generoso de una hielera copada de Belikines. En determinado momento, cuando no me atendía nadie más que ella, decidí contarle la escena del perro muerto asesinado, con mucho tacto porque sabía del afecto que siente Donatella por el negraje. Qué fuerte, dijo, no me extraña, estos garifunas andan muy jodidos. También le conté de la fiesta que habría en la noche, a la que ella y su banda por supuesto estaban convidados. Destapaba yo mi tercera Belikin cuando oí la vocecita de Varsovia, disminuida como por una bola de pelos de mi extinto Tigreak, que decía hola. Donatella y yo casi brincamos. Varsovia traía cara de que su grupo de buceo había sido tragado por la ballena de Pinocho. ¿Estás bien?, pregunté. ¿Quieres una cerveza?, ofreció Donatella. No gracias —contestó— voy a bañarme, tengo un poco de frío, y se fue caminando rápido como lo hace, no cuando tiene prisa, sino cuando siente que el día ha durado demasiado. Creo que tienes que ir con ella, sentenció Donatella.

Llegamos a la dirección que nos había apuntado Asher en una servilleta, agarrando raro la pluma para pintar sus letras en garifuna, HK Street número 40, nada complicado si se recurre a un chofer de Van Toyota que necesariamente vive por ahí, porque es moreno o negro y consecuentemente vive en la reservación de los habitantes de Ambergris. Llegamos, dijo Varsovia llena de expectativas, orgullosa de nuestra decisión de asistir y agradecida porque yo me había empeñado en irnos solos, en lugar de juntarnos con el grupo de Donatella. Pagué al taxista los diez dólares belizian que cuesta aquí cualquier viaje, más otros diez como pasaporte o salvoconducto por estar invadiendo la reservación donde vivía. Esas propinas groseras que se dan cuando uno no puede mostrar su solidaridad de otra manera. "¡Jai'tha!", dijo Asher feliz cuando abrió la puerta y nos vio ahí, listos para la fiesta que llevaba horas creciendo dentro de la casa. Un tumulto de garifunas descalzos, mayoría de hombres, fumados y bebidos según los cánones de la isla, o de cualquier sitio donde haya música, colegas y ganas de perder la cabeza. ¿De dónde salió tanto negro?, dije a Varsovia, genuinamente asombrado. Sentimos el ambiente un poco hostil, aun cuando Asher nos presentaba diciendo, en esa lengua criolla que entendíamos por mitad, que éramos sus amigos y los invitados de honor y esas cosas que suele decirse de la gente que está en un sitio donde no debería estar, porque los que están ahí de manera natural no necesitan este tipo de refuerzo, están bien y ya, no hay vuelta de hoja, a fumar y a beber y a divertirse. Varsovia estaba nerviosa, agarrada con fuerza de mi mano y con su sonrisa de veinte mil en exposición total. Yo empecé a ignorar la hostilidad ambiente a cambio de torturarme con esa evidencia que no termino de digerir: Varsovia encantadora con el resto del mundo. Su sonrisa crecía conforme Asher nos iba presentando con las estrellas del mundo garifuna, que en ese contexto no parecían músicos de bar sino estrellas de otra índole, gente clave que conversaba asuntos importantes. Se veía en la manera en que se aproximaban unos a otros, en los gestos, en el estilo con que suspendían la conversación cuando nos acercábamos. Todo eso era demasiado para una fiesta donde nada más se iba a tocar música. Varsovia y yo estábamos esquinados, maquinando estas cosas, momentáneamente abandonados por la tutela de Asher. Yo especulaba velozmente, armaba las piezas que estaban ahí, con la pieza grande del policía que rayaba la playa con su linterna. Asher, montado en un tinglado que no habíamos visto bien, anunció que la banda empezaría a tocar algunas joyas del punta rock beliceño y también pidió, supongo que para reforzar las presentaciones, que atendieran bien a esa pareja que estaba en una esquina, porque eran sus invitados de honor. No habían dejado de observarnos ni un instante, así que nadie tuvo necesidad de voltear a vernos. Los invitados se iban turnando para ocupar los instrumentos del tinglado. Cada uno iba poniendo en escena su punta rock, su regué, su merengue o lo que fuera. Todo el morenaje rastafarian de la isla sabía hacer música, fumaba ganja, y permitía que le saliera por los ojos, a córnea completa, un nivel altísimo de resentimiento. Vi a lo lejos, en una esquina, en la otra orilla de la multitud, al grupo de alumnos de Donatella, fumando y bebiendo a sus anchas. Empecé a dejarme llevar por el punch musical de aquel negraje. Con gusto le hubiera dado un cuarteto de jaladas a cualquiera de los cigarros que nos ofrecían constantemente, pero no quería enturbiar las cosas con Varsovia. Después de todo no estaría nada mal pasar el año nuevo acompañados por esta música salvaje, ¿no?, dije a Varsovia. ¿Salvaje?, dijo ella con ese cambio brutal de humor que adopta cuando algo no le parece. La de los veinte mil se cerró como una trampa. ¡¿Qué no estamos aquí precisamente porque pensamos, a diferencia de todos los turistas, que esta gente no es salvaje?!, dijo. Yo no argumenté nada, seguía en el plan de cualquier cosa antes de enemistarme con ella, que no distingue cuando se está conversando amigablemente y cuando hay que defender un concepto con la espada desenvainada; sepulta una conversación jubilosa a cambio de hacer notar la inexactitud de un término. Guardé silencio y haciendo poco caso de sus ojos furibundos, me serví un vaso de ron. Varsovia se fue a otra esquina. Yo me acerqué al tinglado donde tocaba la banda, sentía por una parte la angustia que me provocan sus rabietas y por otra el estímulo de esa multitud de maestros del ritmo isleño. Del tumulto de rastafarians que se movía junto a mí salió Trisha, la mujer que atiende el bar en la playa de los bungalows, me saludó sonriente. Yo también sonreí de encontrarme con una cara amistosa en esa multitud que empezaba a parecerme opresiva. Conversamos cinco minutos, de cualquier cosa, con tanta confianza que me atreví a decirle que tenía la impresión de haber visto a Kingston en la mañana dentro de mi bungalow. Ella me dijo que eso era imposible, que seguramente se trataba de otra persona, de uno de los muchachos que llevan toallas limpias, jabones y esas cosas. Aunque estaba muy seguro de haber visto a Kingston, le dije que estaba de acuerdo con ella, después de todo no faltaba nada y no deseaba parecer desconfiado con esa gente que nos recibía en su fiesta. Me dejé marear un rato por el punta rock. Nada más un rato porque no puedo estar mucho tiempo sin saber en qué anda Varsovia. La busqué, las cabezas llevando el ritmo y la poca luz disminuida por el banco de humo me impedían verla. Me precipité hacia la esquina donde la había dejado y la vi conversando con un rastafarian, asustada, supuse. Varsovia traía cara de que su grupo de buceo había sido tragado por la ballena de Pinocho. Caminaba rumbo al rescate de mi reina cuando sentí que me jalaban del brazo. Era Kingston, estuve a punto de decirle que estaba pensando en él, pero me contuve al toparme con su gesto. Me jaló hasta juntarme con su cuerpo y me puso los labios en la oreja para decirme, en un mexicano perfecto, probablemente aprendido en la parte maya de la isla: Esa sombra que viste no era yo y tu bungalow no está sembrado de armas. No te atrevas a cometer una pendejada. Antes de soltarme y de quitar sus labios de mi oreja, escribió en mi estómago, con el cañón helado de un arma, el punto final de su siguiente frase: "Viva Zapata, japi nu yia". Quedé aturdido, sordo, el punta rock y la multitud se fugaron a otro plano. Di dos o tres pasos con dirección a Varsovia, quería llevármela de ahí inmediatamente, alquilar una lancha, alcanzar cuanto antes tierra firme. Donatella se cruzó en mi camino, traía el rostro encendido, radiante, cuando me dijo: ¿no has buscado una revolución toda tu vida?

Te veo raro, dijo Varsovia cuando entramos al bungalow. Yo, por primera vez en toda la estancia y probablemente en toda nuestra historia, no tenía deseos de follar con ella, venía trastornado por la amenaza de Kingston y por la línea de Donatella que me había revelado de golpe la naturaleza de su proyecto en Belice City. Debe ser el ron, dije, mientras revisaba el horizonte del bungalow. Varsovia se encerró en el baño a dar rienda suelta a sus abluciones. Salí a la terraza a contemplar la noche. Pensé que lo mejor era mantener a Varsovia lejos de la amenaza de Kingston. Salió del baño, se metió en su extremo de la cama y se quedó dormida, o fingió que se quedaba, no lo sé, además entonces importaba poco, en realidad siempre importa poco: cuando ha decidido no hacerme caso, da lo mismo que esté dormida o que lo finja. Me quedé un rato recargado en el barandal. De un bungalow salían voces aisladas y música, un grupo de amigos que jugaba cartas, una actividad ligera para irse a la cama con la sensación de que se ha hecho algo, cuando se ha estado todo el día sin hacer nada en la playa. Un viento frío, reconfortante, llegaba del mar. Varsovia fingió con tanta eficacia que dormía, que veinte minutos más tarde estaba efectivamente dormida. Entré de manera sigilosa al bungalow, con la idea de efectuar una exploración visual, tratando de no hacer ruido, no quería que Varsovia despertara y me sorprendiera observando los recovecos del mobiliario. Estaba verdaderamente persuadido de que mantenerla al margen era la única forma de salvarla, si es que alguien puede salvarse cuando el peligro yace en el mismo bungalow haciendo tic-tac debajo de la cama. ¿Bombas? En todo caso no harían tic-tac, estarían desactivadas, listas para aplicarse en otro lado, pensaba yo. ¿Armas largas?, ¿cortas? Mi experiencia en armas es nula, soy capaz de confundir un rifle con un sable en su funda. ¿De dónde habían sacado las armas esos garifunas si estaban hundidos en la miseria? Supuse que de los gringos o de donde las sacan todos los oprimidos revolucionarios, de la culpabilidad que siente al verlos una facción de los opresores. Yo con gusto hubiera armado una película, o un festival cinematográfico, o una coperacha entre los productores para patrocinar esa revuelta al rastafarianaje de Ambergris. Eché de menos a Américo, ese colega mío que sublimó la revolución en cartas astrales y de tarot. Una lectura de mi situación en Ambergris hubiera sido luminosa. Mis visitas a la cabaña de Américo se han vuelto clandestinas porque una vez Varsovia se enteró, por alguno de mis amigos, que Américo me recibe con un dry martini a las nueve y media de la mañana; dice que es la única manera decente de iniciar una conversación en el bosque. Varsovia redujo mis visitas a una sola sentencia que hoy me hace militar en la clandestinidad astrológica: Nada más vas al bosque para emborracharte con tu amigo. No sé por qué pensaba estas cosas durante mi búsqueda, nunca sabe uno por qué la memoria agarra, en cierto momento preciso, tal o cual punta de la madeja. La exploración era un esculcar desordenado. Quería irme a dormir sabiendo dónde estaban las armas, acostarme con la brújula dirigida hacia un punto específico, listo para levantarme en caso de que se adelantara la revuelta, preparado para brincar como tigre, de este o aquel lado de Varsovia, con el objetivo militar de protegerla con mi cuerpo de alguna ráfaga de la revolución, cuyo parque, en esta zona de la isla cuando menos, estaba concentrado en nuestro bungalow. Nada pendejos estos negros, ¿quién iba a encontrarles el armamento en un bungalow de turistas? Empecé a buscar por los lugares obvios. Debajo del sillón, primero con timidez y luego tirado boca arriba, auscultando la base, con cuidado para no hacer un ruido que despertara a Varsovia. Después tenté los cojines, uno por uno, tratando de sentir un alma de acero de proporción bélica. Nada. Seguí debajo de la mesa, pasé rápido, era una tabla rasa sin manera de esconderle un secreto. Luego el trinchador, con platos, vasos y canastas para el pan. Nada. ¿Qué clase de arma podía esconderse debajo de un platito para café? Mi ignorancia en armas es tan vasta que ya me iba transformando en un sabio de armas, capaz de intuir fragmentos de explosivo plástico debajo de la loza. Busqué en los cajones, con cuidado para no hacer ruido. Comenzaba a desesperarme, la revuelta estaba por empezar y quería saber hacia qué lado brincar como tigre en el caso de que tronara antes la batalla. Para la revisión de la estufa y de las alacenas, redoblé mi esfuerzo de silencio. Revisé la cavidad del horno. Una revisión superficial porque no tenía herramientas para quitar dos láminas que podían esconder con holgura una bomba atómica. Pensé que el armamento, o parte importante de éste, se hallaba escondido ahí. Esto me tranquilizó, en caso de que la revolución empezara, si oyera ráfagas cercanas esa misma noche, ya sabía en qué dirección apuntar mi salto del tigre. Seguí con las hornillas de la estufa. También tenían debajo un espacio conveniente. Desmonté la primera, la levanté con cuidado, pero sentí que estaba haciendo demasiado ruido y no sabía si Varsovia dormía o fingía. Decidí que era mejor seguir al día siguiente, cuando Varsovia estuviera fuera del bungalow. De pronto me sentí feliz, quizá porque tenía una idea clara de dónde se encontraba el arsenal, quizá por otra razón, o por ninguna, probablemente por algo que vislumbraba en el futuro, un destello, el trazo vago de la solución de eso que me atormentaba. Me eché a dormir en mi extremo de la cama, sabía por experiencia que si me acercaba al cuerpo de ella, dejaría de fingir que dormía y reclamaría, con la lucidez del cuerpo que lleva muchas horas despierto, algo por el rumbo de no me acoses, no me presiones, ¿no tuviste suficiente? Con todo y que era la víspera de la revolución dormí bien, confortado por ese destello que me hacía luces desde el futuro.

Varsovia despertó primero, iba a correr, o a hacer aerobics, o footing, o jogging, o hiking, o alguno de esos esfuerzos necios que practican los que confunden la salud con el sudor. Un ¿a dónde vas? podía arruinar el resto del día, de la vacación, o de la vida. Se vistió con sigilo para no despertarme. Yo fingía que dormía, ya se dijo que Varsovia no soporta ningún tipo de contacto en la mañana, ni siquiera el visual. La miré cuando estaba distraída, en el momento en que se agachaba para amarrarse los tenis y podía contemplar el nacimiento de su espalda y la parte de atrás de los brazos tostados por el sol. Cuando Varsovia terminó cerré los ojos, volví a fingir que dormía, no quería enfrentarme con la furia de su mirada. Calculé que tardaba demasiado en abrir la puerta y en seguida oí que manipulaba las hornillas de la estufa. Me levanté de un salto. ¿Qué haces?, le pregunté arriesgándome a arruinarnos la vida. Varsovia brincó, nada, la hornilla estaba chueca, dijo, y sin decir más salió del bungalow. La vi irse, alejarse y desaparecer detrás de uno de los lomos de la playa. Era la metáfora perfecta, Varsovia yéndose siempre y yo corriendo detrás. Vi cómo Varsovia se alejaba y esperé un tiempo prudente, o imprudente, porque si regresaba de improviso, a causa de un tobillo falseado, o por aburrimiento y me veía ahí parado en la ventana iba a decirme que no la espiara, que no la acosara. También era imprudente meterse luego luego a hacer aquello que había interrumpido la noche anterior, podía sorprenderme en mi operativo de buscar las bombas. En realidad no hay casi nada que le parezca prudente. Fui directamente al cajón de los cubiertos, saqué un cuchillo de punta roma, abrí el horno y me arrodille a desarmar la tapa que ocultaba presumiblemente el arsenal. Batallé un rato, me corté un dedo, estuve a un tris de arruinar el mecanismo del gas. Finalmente la tapa cedió y dejó al descubierto un vacío que no llenaban armas, un poco de polvo y de hollín cuando mucho. Me enderecé para atacar las hornillas con el mismo instrumento impropio, la tapa de ahí cedió pronto y cayó con estrépito. Sin nadie que fingiera el sueño en la cama podía hacer todo el ruido que fuera necesario. Bajo las hornillas tampoco había nada. Acomodé la tapa como pude, mal, pero ya importaba poco, en la noche sería año nuevo y la revolución de Kingston y de Asher y de todo Ambergris, y al día siguiente a esas horas, calculé, Varsovia y yo nos habríamos ido lejos, fuera, a otra parte. Revisé el refrigerador. Lo despegué de la pared para hurgar en el motor y detrás de los conductos del frío. Nada. Esa zona estaba cubierta, nada más faltaba buscar oquedades en el bungalow, tocar con los nudillos cada centímetro del suelo y de las paredes. Primero revisé la habitación. Tirarme ahí a golpear cada centímetro me parecía cosa ya muy de locos, demasiado parecida a la cruzada contra los pelos de mi Tigreak. El flashback me hizo sentir vergüenza. Como primera medida levanté el colchón, lo revisé por debajo y luego concentré mi búsqueda en el somier, incluso le hice un hoyo por abajo, en el forro, con el cuchillo de punta roma que inexplicablemente seguía cargando. O quizá era perfectamente explicable, cuando se buscan armas más vale andar armado y desde luego un cuchillo de punta roma vale más que nada cuando se está a las puertas de una revolución. En el momento de acomodar la cama, olí el perfume de Varsovia y sentí una punzada en el estómago. Vi sus botas perfectamente alineadas al pie de la cama, ese par de estuches que protegen las joyas. Me senté un momento.

Revisé ya sin tanto empeño la cómoda y el clóset y luego pasé al lugar más obvio de todos, ese que aparece documentado en cualquier película donde la trama incluya esconder armas: el depósito de agua del retrete. Lo destapé, podía verse que no había nada, de todas formas metí la mano para hacer el esfuerzo completo.

Salí a la playa, a mojarme los pies en el mar, a caminar un poco en dirección contraria a la que había escogido Varsovia. Asher limpiaba el primer montón de sargazos del día, con esa descoordinación propia de los que han tocado regué hasta el amanecer. Clavaba el rastrillo y, con una pereza enorme, sacaba una porción y la depositaba en la carretilla. Después del episodio con Kingston, yo no sabía si darme la vuelta en redondo, o desviarme, o pasar junto y decirle alguna consigna de apoyo revolucionario, o pasar de largo. Asher resolvió el asunto, me vio venir y sin abandonar su papel de Sísifo, esbozó media sonrisa que podía significar varias cosas, entre ellas, que éramos irremediablemente socios y que más valía que no nos vieran juntos porque alguien, por ejemplo Terry el redneck, podía sospechar algo, basado en uno de esos chismes que se vuelven información valiosa cuando se observan ciertas cosas que cuadran con lo que se venía diciendo; y si el caso era ése, entonces más valía media sonrisa y una inclinación de cabeza, leve, casi imperceptible. Los bungalows de Donatella y su banda estaban en silencio, los inquilinos estaban dormidos o ausentes; todavía era temprano, pero tuve la impresión de que permanecerían así el resto del día. Era lo mejor que podía pasarme, no sabía qué decir ni cómo comportarme frente a la nueva personalidad de Donatella. Me fui caminando pegado a la orilla, permitiendo que el mar me mojara los pies. Imaginé a Varsovia corriendo, no muy pegada al agua porque a esas horas, ya se dijo, no se deja tocar ni por el mar. Había dejado atrás la playa de dos hoteles, el sajonaje apenas empezaba a instalarse en los camastros, uno que otro untándose crema bronceadora o poniendo a nivel la toalla o echando a volar un disco de guarradas en un aparato portátil. Los paisanos de Asher y de Kingston trabajaban para dejar limpias las instalaciones, aplicaban el oficio de Sísifo: limpiar para que otros ensucien, y luego limpiar otra vez; construir para que otros destruyan. Fondeado por la música que imponen los pasos a los pensamientos, configuré una imagen mía, que no me gustó: yo limpiaba la playa para que Varsovia volviera a llenarla de sargazos. De pronto se abrió ante mí, con una precisión dolorosa, la repartición de fuerzas: el morenaje contra el sajonaje, Sísifo contra la montaña de sargazos. Me detuve en seco, un rayo de sol oblicuo me lastimaba la cara, mientras una línea pensada me sembró el espinazo con una descarga eléctrica: mi revolución es contra Varsovia.

Caminé más rápido para que la música de fondo cobrara fuerza. La media sonrisa de Asher y su inclinación casi imperceptible de cabeza habían sido un desacierto, si Terry nos hubiera visto y fuera de los que saben descifrar el mundo, hubiera sospechado de dos personas que no se saludan cuando hacía unos días brindaban con ron al sol. Era probable que Terry no nos hubiera visto y más valía ni preocuparse por esa revolución que no era mía, más bien había que buscar un sitio alejado del hotel para festejar el año nuevo. No es lo mismo ser pescado en una revuelta dentro de un bungalow lleno de armas, que en un sitio atascado de turistas, con gorros y silbatos, que al final serán liberados en masa, en vuelos de avión especiales a sus ciudades, donde contarán el resto de sus vidas, con las omisiones y exageraciones propias de cada quien, de esa revolución que vivieron alguna vez en Ambergris, aquella isla de salvajes que entonces será territorio rebelde, o libre, o nuevamente propiedad del sajonaje, o parte de Guatemala o de México. Más valía estar lejos, afuera, en otra parte. Dejar por la paz la búsqueda de las armas, simplemente ignorar lo que sabía; ésa era mi manera de contribuir, un papel modesto pero estratégico, fundamental, imprescindible, crucial para la revolución. Tenía que olvidarme de Donatella, de Kingston y de Asher y del resto del negraje y concentrarme en lo que venía, en el cambio de un siglo a otro, en los siguientes meses con Varsovia, o años, o días, o quizá Varsovia esa misma noche tenía planeado decirme "esto no fluye"; y en ese caso regresaríamos al bungalow a dormir, cada quien en su extremo extremo de la cama, y al día siguiente abordaríamos la avioneta, ella como si nada, yo hecho un guiñapo. Con la música a tope, con ciertas notas altas tapando momentáneamente el pensamiento, con el objetivo sanitario de curarme en salud, largué mi letanía denigradora contra Varsovia, su intolerancia, su intransigencia, sus nalgas, su miedo al sexo, sus alergias, mi gato ¡carajo! ¿Cómo estás, chiquito?, dijo Varsovia abrazándome por la espalda. Brinqué asustado y luego me dejé estremecer un momento por ese contacto que rara vez tenemos. Varsovia empezó a decir que tenía ganas de beber martinis y de ir al súper a comprar cosas para preparar la cena de año nuevo. Quiero que lleguemos al nuevo milenio los dos solitos, remató. Abrumado por la visión de la mujer que adoro siendo masacrada por las huestes de Kingston, sugerí que mejor saliéramos a celebrar, a cenar en Elvis Kitchen por ejemplo, que ya habría tiempo de estar solitos el resto del milenio. Dije esto tratando de evitar que se me viera la visión que me abrumaba, que era terrible y que Varsovia no debería ni sospechar, para que estuviera a salvo, para que nada fuera a pasarle. Varsovia sugirió que nos metiéramos al mar ahí mismo, antes de regresar a nuestra playa. Apenas lo estaba diciendo cuando ya se quitaba los tenis. Nos metimos agarrados de la mano. Era la primera vez que me daba así la mano en todo este viaje. El agua estaba fría. Varsovia se reía con esa risa cortada que nunca es para mí, quizá era para el mar, o para el sol, o para el frío, o a lo mejor sí era para mí, no podía saberlo, no podía preguntarle eso que se preguntan todos, ¿por qué tan contenta?, porque ella, lo sabía por experiencia, se pondría furiosa, me contestaría montada en un humor de los diablos, algo por el rumbo de ¿qué, de todo tengo que dar explicaciones? Mejor di por hecho que, como era casi seguro, esas risas cortadas eran para el mar, o para el sol, o para el frío, o para el recuerdo de Asher o del perro. De cualquier forma importaba poco, estaba dentro del mar con Varsovia y eso era más de lo que había esperado. Nos metimos hasta que me llegó el agua a medio muslo, a Varsovia le llegaba a la cintura, la máxima profundidad en el mar de Ambergris, si no se está dispuesto a caminar kilómetros mar adentro. Nos agachamos como se hace a veces para que el mar llegue al cuello de una manera controlada, para contar con la posibilidad de ponerse de pie en caso de olas altas o de crecida súbita. Porque de pie con el agua al cuello se corre todo el tiempo el riesgo de perder el piso. Varsovia dijo que estaba contenta ahí conmigo. Pensé, con la sorpresa también a la altura del cuello, en la posibilidad de que esa risa cortada de hacía un instante hubiera sido para mí y no para el mar, ni para el sol, ni para el frío, y antes de llegar a una conclusión, Varsovia me estaba poniendo en la boca la suya y diciéndome ven, chiquito, al tiempo que buscaba la vía para clavarse en mí. Gimió y se movió como nunca en nuestra historia. Al terminar suspiró y se recargó en mi cuello, exactamente en el sitio donde me clavaba los ojos cada vez que se mencionaba el nombre de Donatella o me veía con ella. ¿Te gustó, chiquito?, preguntó. Luego salió de mí, se puso de pie, se dejó el mar a la cintura, suspendió la ilusión de peligro de estar con el agua al cuello. Caminamos hacia el bungalow, uno cerca del otro. Varsovia iba de buen humor, incluso permitía que el agua tocara sus pies, me dio la mano y se arrimó un poco más a mí.

A lo lejos, detrás de uno de esos lomos de la playa, vi que Asher seguía dándole paladas desganadas al sargazo. Varsovia iba contando cosas. Yo empecé a diluir la atención que le venía poniendo, que era poca, la verdad, ver a Asher me regresó de golpe a la revuelta que estaba a punto de estallar. Para disimular el desasosiego que me causaba el negro, me integré al monólogo de Varsovia y me empeñé en sentir a tope la fascinación de ir de la mano de la mujer que amo. Pasamos junto al rastafarian. Varsovia le dijo hola, ¿cómo estás? en su inglés perfecto, que salió curveado por esa sonrisota que nunca me toca a mí porque pertenece al resto del mundo. Asher devolvió la sonrisa y a mí me envió un saludo más moderado, que Varsovia captó de inmediato. Tres pasos más adelante preguntó por la razón de ese saludo sobrio. Le dije que no era nada, que simplemente nos habíamos saludado y conversado un rato a la ida, y que por otra parte no venía al caso tanta deferencia con el negro. ¿Por qué no?, si es nuestro amigo, dijo Varsovia con esa pasión desmedida con que defiende las causas de jerarquía menor. Es capaz de pelearse conmigo por el negro, pero es incapaz de pelear un poco para defender nuestra relación. Decidí aceptar que yo era un mamón para no complicar las cosas. Lo principal era que Varsovia no se enterara, mantenerla a salvo. Entrando al bungalow dijo me voy a bañar y se encerró con su portazo ya característico. Yo me bañé después y cuando salí oí que Varsovia trajinaba en la cocina. Abrí uno de los cajones de la cómoda. Saqué unos shorts y al cerrarlo vi que algo brillaba, un destello oscuro, nada más un instante. Volví a abrirlo, metí la mano y sentí el metal de un arma larga, más abajo había otras, cortas, largas, no sabía bien, ya dije antes que no sé un carajo de armas. Asustado cerré el cajón. ¿Te bañaste rico, chiquito?, preguntó Varsovia con un grito desde su trajín con los trastes. Sí, dije todavía aturdido por mi descubrimiento. A partir de ese momento tenía que estar listo para cualquier eventualidad, para saltar como tigre sobre las armas en caso de alguna complicación, de algún brote inesperado de guerrilla en la terraza, o debajo de la cama, o de plano un comando de negros tirando ráfagas contra la puerta. Varsovia abría una lata de castañas de agua, de ésas que manda la reina Isabel abolladas y caducas a los supermercados del territorio salvaje de Ambergris. Cuando todo lo que llena las estanterías está abollado y caduco, la medida es otra, la elección se simplifica, se come o no se come. Esto sirve en las estanterías del supermercado y en las del corazón. Comemos algo ligero para poder cenar bien después ¿no?, dijo Varsovia pensando en que luego las cenas de año nuevo suelen ser copiosas. Yo dije claro, está bien, tratando de disimular las armas que querían salirme por los ojos. ¿Te pasa algo?, preguntó Varsovia, traes un frente frío. Tan frío como el cañón del arma aquella, pensé y dije no me pasa nada, y desvié el tema y las armas de mis ojos. La relevé del trabajo de estar abriendo esa lata caduca y abollada. Mientras forcejeaba Varsovia me dio un beso en el cuello, en el mismo sitio donde me había puesto su cabeza y sus ojos furibundos. Voy a poner un disquito ¿no?, dijo. Yo seguía forcejeando con el abrelatas, ¿qué música irá a poner esta mujer?, pensé y traté de hacer un pronóstico, porque ya se dijo que la música pega directamente en el futuro inmediato de nuestra relación, si es que puede llamarse futuro al presente más un instante, y relación a la batalla con Varsovia. ¿Cubano, jazz, Van Morrison, alguna de sus cancioncitas de niñata? Terminé de abrir la lata justamente cuando empezaba a sonar el Buenavista Social Club. Cubano, está animada, pensé. ¿Me ayudas con esto?, dijo mientras sacaba una bolsa de verduras caducas del cajón del refrigerador. Varsovia se movía a ritmo de Compay Segundo. Enjuagamos las verduras y aplicamos tres gotas de líquido matabichos con fecha de caducidad vencida. La decisión es simple, lo caduco se come o no se come, se compra o se deja en la estantería. Habíamos escogido lo menos letal, nada de mariscos por ejemplo, más bien verduras que a lo mucho habían perdido sus cualidades; lo había recomendado Terry el redneck, desde la autoridad incuestionable que, a los ojos de Varsovia, tiene cualquier tercera persona. Si lo dice él ha de estar bien ¿no? Hasta abajo de la estantería de los afectos, acomodados uno junto al otro, un tío o un socio o un amigo que se frecuenta poco; hasta arriba, en el lugar de las ofertas, donde se rejuega la mayor parte de la mercancía, más amigos, quizá los padres, algún hermano, exnovias o exesposas que no acabaron en catástrofe; y en medio, en esa zona ergonómicamente expuesta para ser peinada con facilidad por los ojos de la amable clientela, tu reina en turno. En mi supermercado ya no compra nadie, hace meses que dejé de ser un tigre. Varsovia, moviéndose al ritmo del Buenavista, vació las verduras caducas y recién lavadas en un sartén. Elotes, zanahorias, coliflores y algo verde, probablemente ejotes. No sé mucho de verduras ni de armas, ya se dijo que soy pacífico y carnívoro, pero por Varsovia soy capaz de salivar frente a un mamotreto vegetariano de ingredientes caducos. Hoy vi a Kingston, dijo sin dejar de atender el platillo que preparaba. Yo hice un esfuerzo para que no detonara alguna bomba en la voz con la que iba a responderle. ¿Por aquí por el hotel?, fue lo único que se me ocurrió preguntarle. Sí —dijo—, andaba husmeando. ¿Y qué te dijo?, pregunté ansioso, arriesgándome a recibir un no me acoses y arruinar el resto del día o del siguiente siglo. Nada —contestó— me dijo rastaman y siguió husmeando. Después de decir eso sonrió con la de los veinte mil dólares totalmente expuesta. ¿Y esto?, pensé yo, casi asustado, sin herramientas para digerir esa sonrisa que no me tocaba casi nunca, una o dos veces, muy al principio, a lo sumo, ya exagerando. Hoy que hicimos el amor sentí algo raro, dijo Varsovia sin bajarle ni un dólar a su sonrisa. ¿Cómo?, dije tratando de adivinar hacia dónde estaba apuntando sus baterías. Desatendió el sartén para abrazarse a mí, con una ternura desconocida y hasta ese momento improbable, francamente imposible. Raro bien o raro mal, fue lo más que atiné a decir. Raro superbién, y todavía con la de los veinte mil a plenitud, abrazándome con más fuerza dijo: Se me antojó tener un hijo contigo. Yo debí decirle que sentía lo mismo, hubiera debido sentirme feliz por lo que estaba oyendo, o debí hincarme para agradecer a quien fuera que por fin empezaba a plantearse lo que tanto deseaba: amarrarme de por vida a ella. Pero no lo dije, ni estaba feliz, ni me hinqué, ni nada, todo lo que salió de mi boca fue: hay que pensarlo bien. Varsovia me seguía abrazando, sentí que si me soltaba iba a caerse a un abismo. Le planté un beso en la coronilla. ¿Qué vamos a hacer de año nuevo?, preguntó desabrazándome y regresando feliz a su mamotreto vegetariano. ¿No habíamos quedado en cenar en Elvis Kitchen? Respiré aliviado en cuanto vi que no caía en ningún abismo. Sonrió y tarareó la canción del Buenavista y dijo ¿por qué no te preparas unos martinis con la receta de Buñuel? Sí, para darle un poco de juego al maletín que vengo cargando desde México, dije, tratando de contener el gesto de sorpresa que me provocaba petición semejante. La dejé ahí removiendo las verduras y fui a la habitación por los implementos. Lo primero que vi al entrar fue la cómoda donde estaban ocultas las armas. Pasé de largo y salí de regreso con el maletín. Junto a la cama estaban sus botas, perfectamente alineadas una junto a la otra, punta con punta, talón con talón; el detalle me pareció neurótico. Pensé que si Varsovia se quitara los zapatos y los dejara tirados de cualquier forma, sería menos tiesa, menos rígida. Dispuse las botellas, las copas y la mezcladora en la barra de la cocina y en lo que ejecutaba la alquimia del martini, disparé: ¿Por qué siempre dejas los zapatos tan alineaditos? El diminutivo era para suavizar, supongo. Varsovia se rio, no dejó de bailar al Buenavista ni de retocar su mamotreto vegetal cuando dijo, casi divertida, mientras agregaba unas gotas de soya caduca a la mezcla: ¿Qué tiene que ver eso ahora? A lo mejor dejarlos caer así nomás sería un gesto que te haría una persona menos rigurosa, dije. Lo de "rigurosa" era un eufemismo de "tiesa", pensé. Esperaba la típica reacción de Varsovia, eso no es asunto tuyo o algo así. Volvió a reírse, y todavía más divertida, mientras

111

tapaba el frasco de salsa de soya, dijo que eso no venía al caso, pero que si me molestaba tanto podía probar a aventar sus botas como propósito de año nuevo. Le contesté que como quisiera. Llené media mezcladora con hielo del congelador, vacié dentro dos tantos de ginebra, una gota de angostura y una micra de Noilly-Prat. Lo agité unos segundos para que no hicieran demasiada agua los hielos y serví las dos copas que venía cargando desde México. Varsovia dio por terminado el platillo y se puso a observarme. Le conté algunos detalles del martini de Buñuel mientras le daba el suyo. Dije "salut i força al canut", esa línea mágica que dice cuando brinda mi padre el republicano. Al tercer trago del elíxir de San Luis Buñuel sentí que empezaba a cuadrar el mundo. Varsovia no había probado mis martinis en nueve días para no dejar de maltratarme, porque unos tragos de ginebra la aflojan, arrastran a su padre caño abajo y la hacen buena persona conmigo. Vente, chiquito, vamos a la terraza, dijo. Empecé a sentirme animado, dejé de reflexionar y caminé detrás de ella. En la terraza pegaba el sol. La playa estaba tapizada de rednecks. ¿En dónde vamos a celebrar el año?, insistió Varsovia jugueteando coqueta con su copa. Le dije que si no le gustaba Elvis Kitchen podía elegir otro sitio. Con un trago de martini de por medio dijo que Elvis Kitchen era buena idea; esa información que ya se sabe y sin embargo se repite, para hacerle saber al otro que se está de acuerdo y a gusto y que se tienen expectativas. Sonrió más allá de mi hombro y alzó un brazo y gritó "¡hi, Asher, ¿everything's okey!?" Asher la volteó a ver, soltó el rastrillo un momento para levantar el pulgar derecho, como un buzo que estuviera emergiendo a la superficie de una revolución. Levanté también la mano para que Varsovia dejara de sospechar. Asher anda rarito, dijo. Así son los pinches negros, le contesté. Algo traes contra él, insistió, seguramente acababa de ver el cañón o la culata de alguna de las armas asomándose en mis ojos. Nada —dije— me parece un poco encimoso, eso es todo. Varsovia se me quedó viendo y antes de que preguntara otra cosa, o que de plano se le ocurriera empezar a cuestionarme, le ofrecí otra copa. Dijo que sí, se terminó el último trago de un solo trago y dijo te adoro, con los ojos cerrados, sosteniendo la copa como si fuera un ave a punto de volar.

Volví a la alquimia de Buñuel. En lo que agitaba la mezcladora me asomé a la habitación y vi la cómoda de las armas. Dudé por última vez, ¿debía hacer algo?, sacarlas de ahí, denunciar a los negros, contarle a Varsovia. Opté nuevamente por no hacer nada, que la revolución fluyera como el martini que empezaba a verter en las copas. Varsovia sonreía en la terraza, con los ojos cerrados, de cara al sol. Le puse en las manos un ave nueva. Más "salut i força al canut", más cuadrar la realidad a fuerza de tragos. Mientras conversábamos, yo aventaba vistazos esporádicos para checar los movimientos del comando rastafarian. En uno de esos vistazos vi que Asher hablaba con Trisha y con una recamarera. Detrás de ellos, en altamar, empezaba a formarse un nubarrón oscuro, pensé en la posibilidad de que el nuevo milenio comenzara con lluvia. No oía lo que decían, ni podía descifrar nada a partir de los manoteos, pero la reunión me parecía el signo inequívoco de que la revolución seguía caminando, de que el plan seguía en pie. Qué curioso que los pies, caminando o sin moverse, sean metáfora de la continuidad de algo. ¿Dónde andará el perro de Terry?, preguntó Varsovia antes de que abandonáramos la terraza. Descorché una botella de vino para acompañar el platillo vegetariano. Varsovia sonreía, hacía planes, estaba contenta. Yo pensaba mientras en sus botas perfectamente alineadas, talón con talón, punta con punta, y en las bolsotas que carga todo el tiempo llenas de medicinas y de cosas que nunca usa. Con gusto me comería un bistec, dije al terminar mi plato. ¿Hacemos una siesta?, propuso Varsovia. Argumenté, para camuflar mi sorpresa, que ésa era una actividad propia de un cincuentón como yo. Varsovia me cogió de la mano y me condujo a la cama. No era mala idea, el vino empezaba a depositarme en un estado creciente de somnolencia. Varsovia se abrazó a mí, muy pegada, y se quedó dormida. Más tarde despertó y dijo tengo frío. Se separó de mis brazos y

114

estiró la mano hasta que dio con el interruptor del aire acondicionado. Lo apagó. La dinámica eterna, a ella le da frío y se apaga el aire acondicionado, aunque yo hierva en la cama. Se puso de pie y caminó directamente hacia la cómoda de las armas. Brinqué en la cama y sin poder disimular dejé salir una línea agreste, casi un grito, ¡¿Qué haces?!, dije con los ojos tapizados de cañones, culatas y gatillos. Varsovia volteó asombrada de mi sobrerreacción, ¿cómo que qué hago?, preguntó al borde del cabreo, voy a sacar una camiseta porque tengo frío, y se quedó viéndome fijamente, no sé si me desafiaba o me estaba viendo las armas en los ojos. Perdón —dije—, estaba medio dormido y me asusté, olvídalo. Varsovia volvió a dormirse, yo no pude, el tic-tac del arsenal era un escándalo. Salí de la habitación rumbo a la terraza. La tarde empezaba a declinar, un rayo tibio me pegaba en la mitad de la cara. Gran parte del sajonaje se había retirado a sus bungalows, quedaban algunos tirados, aquí o allá, los bungalows del equipo de Donatella seguían con las cortinas cerradas, como habían estado todo el día. El sol tiraba su última descarga, se posaba, caía con suavidad sobre los cuerpos dormidos, seis, nueve a lo sumo, que una vez refugiados en sus bungalows dejarían al sol sin más efecto que caer sobre la arena, como lo ha hecho desde el principio del mundo. Asher, con su rastrillo, seguía desempeñando su papel de Sísifo. Empezaba a correr un viento fresco, de lluvia. La mayoría del sajonaje se preparaba para celebrar el siglo nuevo, ignoraban que ese negro rastafarian hijo de Sísifo, que amontonaba sargazos en sus narices, estaba a unas cuantas horas de cortarles el pescuezo, si se apendejaban. Me serví medio vaso de ginebra, Varsovia seguía dormida, arrullada por el tic-tac de las armas. El sajonaje había quedado reducido a un gordo rojo, que llevaba horas dormido sin advertir que el sol ya le había endosado un cáncer epidérmico de altura, y a una mujer anémica con un blindaje ridículo de crema bronceadora, similar al que usa Varsovia. Pensé que cualquiera que contemplara a mi reina desde una terraza como la mía, pensaría exactamente lo mismo de ella.

Acodado sobre el barandal me puse a darle vueltas al proyecto que me esperaba en México, una coproducción con la BBC que a lo mejor iba a dirigir yo mismo. Tenía que llegar a organizarlo todo, las locaciones, el casting, los detalles del financiamiento. Sentí el impulso de marcar el teléfono de la Ardilla para que empezara a montarlo todo, pero seguramente la iba a pescar arreglándose para la celebración, así que desistí. La imaginé muy elegante, en casa de sus suegros, lista para comerse sus doce uvas y dar los doce tragos al champaña, luciendo una de esas blusas lujosas que robo para ella. Una lancha atracó en la playa, estaba oscureciendo y ya no quedaban turistas a la intemperie, la anoréxica y la ballena roja se habían ido. Asher dejó el rastrillo y corrió junto con Trisha para cooperar con las maniobras de desembarco. También se aproximó Kingston acompañado por dos recamareras. Comenzaron a bajar entre todos unas bolsas de lona verde, del tipo de la que habían usado para sembrarme de armas el bungalow. Comenzó una lluvia de gotas finísimas que se volvían agudas con la ayuda del viento. Me quedé ahí, inmóvil, observando la maniobra. Me pregunté si Terry no sospecharía de esos movimientos. El sajonaje estaba descartado, era capaz de confundir una bomba de neutrones con un pavo relleno. Identifiqué a uno de los personajes que venía en la lancha, era un alumno de Donatella. En unos cuantos minutos desembarcaron la mercancía y la depositaron en alguna zona aledaña a los bungalows. Los sargazos que venían en cada ola, estimulados por la lluvia y desatendidos por el rastrillo de Asher, formaban ya una línea negra de consideración.

Cuando parecía que la maniobra había terminado, salieron Asher y Trisha empujando a un hombre que iba amarrado y amordazado. En el momento de subirlo a la lancha alcancé a ver que se trataba de Terry el redneck. El secuestro del tirano era una represalia más efectiva que sepultarle sus bungalows bajo una montaña de sargazos. La lancha se perdió, primero en la cortina de lluvia, después en la oscuridad. "¿Por qué me dejaste solita?", dijo Varsovia abrazándome por la espalda.

Brinqué asustado, por un instante sentí que era Kingston que venía a cortarme el cuello. Varsovia se rio, andas muy asustadizo, chiquito, dijo. Qué calor hacía en la cama ¿no?, dije sin voltear a verla, procurando sentir a tope la nueva sensación que me producía su proximidad. Empezó a llover, dijo poniéndome la boca en las clavículas. ¿A qué hora nos vamos?, preguntó. Le contesté que en un rato y a bordo de una Toyota, para no mojarnos. ¿Qué tanto ves?, preguntó sin despegar su boca de mi clavícula, sin quitarme su abrazo ni sus manos del ombligo. Estoy esperando a que la marea traiga una buena tabla para hacerme un escritorio, le contesté.

Me voy a bañar otra vez, estoy toda pegajosa, ¿vienes?, dijo y sentí que la de los veinte mil se expandía encima de mi clavícula. Ahora te alcanzo, respondí. Me apetecía quedarme un rato más en la terraza, ir por otra ginebra y bebérmela solo frente a la remota posibilidad del escritorio, dejarme refrescar por el viento húmedo que corría a lo largo de la playa. ¡¿No vas a venir, chiquito?!, gritó Varsovia desde el baño. Empezaba a cansarme de tanto "chiquito". Puse mi vaso ruidosamente sobre el barandal después de un trago largo. Vaya fiesta, con lujo de bala, con negros en tumulto, con turistas a punto de perder la vida, exigiendo a gritos una conversación con su embajador. "El embajador de esta pocilga vive en Londres Sr & fuk'ia by the way." "Comin' just fu ai second please", dijo Asher parado frente a mi terraza, con un trapo en la cabeza amarrado al estilo ninja, bañado por la lluvia que empezaba a arreciar. Aunque la petición era una impertinencia porque de entrada incluía empaparme, la mirada de Asher me hizo comprender que una negativa era imposible. Brinqué hacia afuera y al momento de pisar la arena alguien me sujetó, me tapó la boca y me cargó en vilo lejos del bungalow. Traté instintivamente de soltarme, pero un puño sólido contra los riñones dio por terminada mi intentona. Grité, pero mi voz no pudo volar más allá de la mano que me amordazaba. La lluvia dificultaba la visión. A pesar del agua que me entraba en los ojos alcancé a ver cómo un comando de negros entraba al bungalow y sacaba las armas de la cómoda. Veía todo de lejos, con los ojos llenos de agua, con la boca maltratada por la zarpa de ese negro brutal. Veía la habitación iluminada, lejana, como si ese episodio estuviera sucediendo en la casa y en la vida de otro. El cuerpo que me sujetaba me soltó nada más para sujetarme otra vez del cuello. Era un negro enorme que tenía amarillo lo blanco de los ojos. "¡Yu say something I kill'ya, man!", me dijo escupiendo la lluvia que se le colaba por la bemba. ¡Vámonos Chico!, dijo Trisha jalando de un brazo a ese negro atroz. Corrí de regreso al bungalow, la playa era un lodazal. Entré de un brinco por la terraza, iba chorreando, doblado y cojeando por el dolor que me había plantado Chico en el riñón izquierdo. Varsovia canturreaba debajo de la regadera. Puse en orden la cómoda, metí los cajones y la ropa que estaba tirada por la habitación. Me lavé la cara en el lavadero de la cocina, la zarpa del negro me había dejado sangre en un labio. Tenía que actuar con rapidez, era momento de abandonar el bungalow y la isla, en lancha o en panga o en lo que fuera. Para empezar tenía que contarle todo a Varsovia, ponerla sobre aviso, vístete mi reina que ahí viene la bola.

Un golpe en la puerta del bungalow expulsó a Varsovia del baño y a mí del chorro de agua. ¿Quién es?, grité. Varsovia me contemplaba, humeante y envuelta en una toalla blanca, extrañada por el golpe. ¡Donatella!, se oyó del otro lado de la puerta. La imagen de Varsovia me transportó súbitamente a mi infancia, cuando la nana, aquel primor veracruzano entrado en carnes, me llevaba con ella a la iglesia a escondidas de mi padre, yo me sentía perturbado por una virgen que estaba en un pedestal, rubia, de ojos claros y túnica blanca, a una altura que hacía que mis ojos quedaran en línea con sus pies descalzos, que eran de cera, supongo, pero tenían un color y una textura de pies reales. No sé si pueda considerarse descreído quien, como yo, se siente perturbado frente a la imagen de una virgen. Varsovia me miró con insistencia, Donatella del otro lado de la puerta y mi cuerpo enlodado y medio doblado por la caricia de Chico, le provocaban más angustia que disgusto. ¿Qué quiere esa vieja?, preguntó. Me acerqué cojeando hasta la puerta para abrirla. Donatella empapada irrumpió en el bungalow, venía seguida por dos garifunas chorreantes y armados. Vestía ropa militar y fusil al hombro. Miró a Varsovia, que estaba envuelta en su túnica blanca, liberando el humillo aromático que le había dejado el baño. Luego me miró y dijo, la revolución acaba de empezar, estoy a cargo de esta sección de la isla, hay un arma para ti dentro de la cómoda. Dejaron la puerta abierta al salir del bungalow. La Virgen no había dejado de mirarme, estaba confundida, ¿no vas a cerrar?, dijo. La vi de pie, desencajada, envuelta en su túnica blanca, descalza. Donatella y sus garifunas se alejaban, caminaban rumbo a la Van Toyota que los esperaba, bajo un aguacero que era el preámbulo del primer ciclón del milenio. La imagen era muy clara, tenía toda la estética de mi última oportunidad. Me precipité a buscar el arma en la cómoda, una cosa larga y fría de dos cañones. Adiós, le dije, antes de salir aprisa y de comprobar, aturdido por la sorpresa, que sus pies ya no producían en mí ningún efecto.

JORDI SOLER
Usos rudimentarios de la selva

**"Así eran las cosas en la selva. Ahí todo se ganaba
o se perdía por la fuerza."**

En la **plantación de café** La Portuguesa, situada en la selva de **Veracruz**,
en México, una familia española intenta salir adelante en un
ambiente **hostil**, continuamente asediada por bandidos, guerrilleros,
políticos corruptos o por los mismos otomíes, los habitantes originales
de la región, que sienten a los de la finca como **invasores** de sus tierras.

Este relato en **doce cuadros** nos muestra la vida desbocada, sensual y
mágica de la selva, con lluvias torrenciales y un calor imposible, siempre
al borde del asalto, del motín, de la revolución y del desastre. Donde un
día el narrador se eleva en un globo aerostático fabricado por el caporal,
asistimos al despertar de la **sexualidad** de un niño o a la aparición de
un **elefante abandonado** por un circo que acaba siendo parte de la familia.

Jordi Soler narra con maestría en este libro un territorio con reglas propias,
agreste y primitivo. Un mundo regido por las **fuerzas elementales de la
naturaleza** que ha llegado hasta hoy intacto, como una fuerza sorda que
absorbe toda la luz.

JORDI SOLER
La guerra perdida

Este volumen reúne tres novelas donde Jordi Soler indaga en hechos históricos y en la forma en que estos inciden en la vida de una familia de exiliados, la suya, que trata de sobrevivir en el corazón de la selva.

Los rojos de ultramar: Luego de perder la guerra, de una estancia infernal en un campo de concentración francés y de un accidentado escape por el sur de Francia que termina del otro lado del Atlántico, Arcadi funda La Portuguesa, una comunidad en plena selva de Veracruz, México, donde se habla catalán, se cultiva café y poco a poco va imponiéndose una idea: para poder regresar a España es imprescindible matar a Francisco Franco.

La última hora del último día: En la hacienda La Portuguesa, el exilio de una familia española va acumulando años. Atenuado el ardor inicial, ahora se espera con ingenua energía la caída de Franco y el advenimiento de la República, en tanto se van echando raíces en ese territorio salvaje, tomado por una vegetación exuberante y toda clase de insectos estrafalarios, un mundo primitivo donde sólo sobreviven las cosas que siempre existieron.

La fiesta del oso: En febrero de 1939, Oriol desaparece sin dejar rastro, en medio de una terrible tormenta de nieve. Desde el exilio, su hermano Arcadi espera alguna noticia de su paradero, sin perder la esperanza de que siga vivo. El sobrino de Oriol, que es el narrador de esta magnífica trilogía, hará un descubrimiento inesperado sesenta y cinco años más tarde, en el sur de Francia.

JORDI SOLER
El cuerpo eléctrico

"Lucía Zárate es el cuerpo eléctrico… Es como esa gota mínima que con tanto empeño buscaban los alquimistas, que al entrar en contacto con el *opus nigrum* transformaba la materia en oro."

Novela de aventuras, novela histórica emparentada con la picaresca, novela que entrevera personajes reales y ficticios, esta narración vertiginosa llevará al lector a territorios insospechados.

En 1876, el diputado **Cristino Lobatón** descubre sus dotes de empresario. Se da cuenta de que la liliputiense **Lucía Zárate**, a quien acompaña a la Feria de Filadelfia comisionado por el presidente **Porfirio Díaz**, es literalmente una mina de oro y la dirige en una deslumbrante carrera artística que la lleva a presentarse en las principales capitales de Europa y por todo Estados Unidos. Durante la gira norteamericana, advierte que las rutas del tren son aprovechables para el trasiego de **opio** y, sin siquiera intuir que estaba inventando una industria que pondría de cabeza al planeta, se asocia con un grupo de chinos para traficarlo.

Osado, pícaro, cínico y cada vez más adinerado, Cristino Lobatón es pionero inconsciente también del capitalismo rampante, de la industrialización a saco y, curiosamente, de la conciencia ecológica. De sus experiencias concluye dos cosas: una, que cada minuto nace un idiota; otra, que si la gente no fuera idiota, el mundo sería ingobernable.

La mujer que tenía los pies feos de Jordi Soler
se terminó de imprimir en el mes de octubre de 2019
en los talleres de
Diversidad Gráfica S.A. de C.V.
Privada de Av. 11 #4-5 Col. El Vergel, Iztapalapa,
C.P. 09880, Ciudad de México.